婚約者が浮気相手の知らない女性とキスしてた
～従順な婚約者はもう辞めます！～

サイラス・アルバイン
イエルゴート王国の公爵令息。
イエルゴート王国では
エスメローラの義兄になる。
誠実な人柄。
エスメローラ・マルマーダ
オルトハット王国の伯爵令嬢。
十一年間ブラントと婚約していたが、
彼に裏切られ
隣国イエルゴート王国に旅立つ。
CHARACTERS

スカーレット・デリカ
オルトハット王国の公爵令嬢。ブラントとキスをしていた女性。ブラントを愛しており、非常に嫉妬深い。
ブラント・エヴァンス
オルトハット王国の公爵令息。キスシーンをエスメローラに見られてしまう。明るくて優しい男を演じているが……？
マルチダ・イエルゴート
イエルゴート王国の王女。近寄りがたい雰囲気だが、恋愛小説が大好き。オルトハット王国の王太子ヘンリーに執着されている。
サラ・アルデバイン
イエルゴート王国の公爵令嬢。エスメローラを侍女として育て上げる。男性っぽい言葉遣いの女性。

目次

婚約者が浮気相手の知らない女性とキスしてた
～従順な婚約者はもう辞めます！～

プロローグ

心臓の音って、こんなに大きいのね。

目の前の光景が残酷すぎて涙も出ないわ。


図書室の一番奥の窓から、木陰に隠れて抱き合う男女が見える。

人目を忍ぶように二人は視線を交わし、ゆっくりと唇を押しつけ合っている。

恋愛小説のワンシーンであれば心躍る光景なのだろう。いや、私と関係ない人の逢瀬《おうせ》なら『羨《うらや》ましい』と思うだけだったろう。

女性のことは知らない。

燃えるような赤い髪。大きく形のよい二重、青い瞳。とても美しく華やかな女性だ。

男性のことはよく知っている。

少し癖っ毛の金髪。グレーの瞳、切れ長の目。

彼は、ブラント・エヴァンス。

エヴァンス公爵家の嫡男で、私と同じ十八歳だ。

文武両道、眉目秀麗《びもくしゅうれい》。

将来は幼馴染みのヘンリー王太子殿下の側近になるだろうと噂される、パーフェクト超人だ。世の女性には『優良物件』と称される時の人。

そして、私の婚約者だ。

私はエスメローラ・マルマーダ。マルマーダ伯爵家の娘だ。

ブラントとは、私が七歳の時に婚約した。

『綺麗な金髪だね。触ってもいい？』

微笑まれて私は一瞬で彼の虜《とりこ》になった。

あの頃、ブラントはとても優しかった。一緒にピクニックに行ったり、湖を散歩したり、バラ園で抱えきれないほどの赤いバラをプレゼントされたわ。


私たちの関係が変わったのは、貴族学院に入学した頃だった。

オルトハット王国の王都にあるオルトハット貴族学院には、十五歳から十八歳の子息子女が通っていて、この学院を卒業することが王国貴族の嗜《たしな》みとされている。よほどのことがない限り辞めることはできない。家の面子《めんつ》もあるが、大人の社交界に入る前の試験場のような場所と言われているからだ。

学院に入ってからすぐに、ブラントは私の家に来てこう告げた。

『私たちの婚約を表に出さないでほしい。勉学を優先したいし、エスメローラを愛しているから余計な攻撃を回避したい』と。

婚約を公にしないで学院に通う人は多い。

貴族のプライドがぶつかり合う学院では、人気のある人の婚約者や、私のように気の弱そうな女子生徒はいじめられやすい。

婚約者が助けられる部分もあるが、女性しか立ち入れない場所があるので、四六時中一緒にいることは不可能だ。下手に他生徒から嫉妬《しっと》されて、愛する婚約者を傷つけられないよう、婚約を隠す人は少なくないのだ。

『エスメローラを愛している』

私はその言葉を信じていた。


入学後、学院でさまざまな噂を聞いた。

『エヴァンス公子とトリシャル嬢が手を繋いでいた。見つめ合う二人は恋人のようだった』

『エヴァンス公子とルルードル嬢が王都でデートしていた。高価な宝石をプレゼントしていた』

『エヴァンス公子とデリカ嬢が茂みの中に消えていった。戻ってきた彼女の衣類が乱れていた』

根も葉もない噂だ、ブラントに限って浮気なんかしないと自分に言い聞かせていたが、不安でたまらなかった。

彼を信じるのよ。

そう、思っていたのに……

窓の向こうの男女は、ずいぶん長くキスをするのね。

何度も角度を変え、激しい息遣いが聞こえてきそうなほどお互いを求め合っている。

木に女性の背中を押しつけ、胸に触れている。あら、スカートも触っているわ。破廉恥《はれんち》ね。

……あら？

頬に何かが伝った。

私……泣いているわ。

そうよね。こんなシーンを見たら泣いちゃうわよね。

愛していた、信じていた人に裏切られたのだから。

◇◇◇

あれからどうやって帰ったか覚えてない。

昨晩はずっと泣いていた。

泣いて、泣いて、『信じてたのに！』『最低！』『バカ！』とベッドの枕に苛立ちをぶつけては、声を上げてまた泣いた。

案の定、私の顔は酷いことになっている。幸いなのは、今日学院が休みということだろう。

――コンコン。

部屋のドアをノックする音がした。

今は誰にも会いたくない……

「あの……お嬢様？」

侍女のメリッサの声がした。私の様子を気にしているようだ。

「お部屋に入ってもよろしいですか？」

「入ってこないで！」

思わず声を荒らげてしまう。

扉向こうで息を呑むのが聞こえたような気がする。

メリッサは昔から私に仕えてくれる、気心の知れた姉のような人だ。

今までこんな声で彼女を制止したことはなかった。

「ごめんなさい。……今は……誰にも会いたくないの」

「……承知いたしました。エヴァンス公子様から花束が贈られてきました。……その、どうしましょう？」

不定期にブラントから贈られる花束。

『愛するエスメローラへ。Bより』

花束に添えられたメッセージカードは、いつも同じ文面だった。

彼の変わらない愛を表現していると思い、何度も指でなぞり、抱き締め、会えない寂しさをごまかしていた。

滑稽ね……

今は、花束もメッセージカードも汚らわしいもののように思えた。

そして不意に思った。なぜこのタイミングで贈ってきたのだろう。考えすぎかもしれないけれど、昨日のようなことをするたびに、罪悪感や後ろめたさといった感情をごまかすために贈ってきていたのかも。いえ、でも私の誕生日プレゼントも同じ赤いバラの花束を贈ってきていたわ。

待って……

誕生日プレゼントが花束だけって、ずいぶんな扱いじゃないかしら？

恋する心で曇っていた思考が、霧が晴れたように明瞭になっていく。

それによって、ブラントへの恋心は急激に色あせていった。

「捨ててちょうだい」

「え!?」

「今後は受け取らず送りかえして」

もうブラントを信じられない。

その花束も彼が選んだかさえ疑わしい。

「エスメローラ。私です」

お母様の声だ。

◇◇◇

「そう。そんなことがあったのね」

気分を変えるため、お母様はバルコニーに私を連れ出し、遅めの朝食を準備させた。

酷い顔の私が、愛してやまなかったブラントからの花束を捨てるように言ったことから、学院で彼と何かあったとすぐに見抜かれた。

「で、あなたはどうしたいの？」

至極冷静なお母様。

でも、雰囲気が少しピリッとしているので、怒っているのがわかる。

「婚約解消できないの？」

隣に座る十歳の弟ダッセルが直球で言った。

「向こうは公爵家。我が家は伯爵家。下の者から婚約解消を申し出れば角が立つわ。向こうから言ってくるのが最良ね。ただ、エスメローラが今後の令嬢人生を諦める覚悟があるのなら、婚約破棄という最終手段があるわ」

婚約解消は『性格の不一致』『相性が悪かった』と双方の合意のもと、円満に解決できる方法だ。ただし、下位の家から申し出るのは序列を軽んじる行為として非難を受ける。そのため、よほどのことがない限り下位の者からは婚約解消できない。

婚約破棄は、相手側が浮気や暴力、借金など問題を起こした場合にできる。こちらは下位の家からも申し出ることができる。しかも悪質な場合は慰謝料の請求も可能だ。

だが、婚約破棄した令嬢は、相手がどんなに悪質であったとしても『傷物令嬢』と揶揄《やゆ》され、そのあと結婚は難しいと言われている。

今後結婚しない覚悟があるのなら、『ブラントの浮気』を理由に婚約破棄の申し込みはできる。

ただ、私の主張の正統性を示せなければ、名誉毀損《めいよきそん》で私が慰謝料請求されてしまうから、浮気の証拠集めは必要になるだろう。

「エスメローラは今後どうしたいの？」

「……わかりません。でも、ブラントとは結婚したくないです」

お母様が手を叩くと、メリッサが花束を持ってきた。ブラントに贈られた赤いバラの花束だ。

それを受け取ったお母様がメッセージカードを見ている。

「『愛するエスメローラへ、Bより』ね〜。赤いバラの花言葉は『あなたを愛しています』、十一本贈る意味は『最も愛しい人』。あなたを一番に愛していますってことかしらね」

「姉さんの話を聞いたあとだと胡散臭《うさんくさ》く感じますね。後ろめたさを隠すために贈ってきているとしか思えないよ」

「メッセージはいつもと同じ？」

「うん……」

「お父様に相談するしかないわね。ブラント君がどういうつもりなのか探らないと、身動きが取れないのが現状だわ」

「はい……」

「エスメローラ。ブラント君と結婚したくない気持ちはわかるわ。可愛い娘を任せたいなんて思えないもの。でも、婚約破棄をするとなると、それは大変なことよ。領地でひっそり暮らすこともできるけど、かなり肩身が狭くなるわ」

思わずうつむいてしまう。

「別の国のほうが案外楽なのかもね」

ダッセルがボソッと呟いた。

「「それよ!!」」

お母様と声が重なった。

ダッセル、天才!!

第一話　お友だち大作戦！

学院にはいろんな人が集まる。例えば他国の王族。

図書室の奥には、ガラスで区切られた個室がある。防音に優れているので、集中したい時はその個室を利用していた。しかし、半年前くらいから放課後はある人物が使っていることが多く、ここ最近は足が遠のいていたのだった。

「こそこそ見てないで入ってきたら？」

その人は本から視線を逸らさず声をかけてきた。よく見たらドアが開いている。

どう話しかけようか思案していたから、声をかけられて少しホッとした。

さっ、ここからよ！

「ごきげんよう」

「ごきげんよう。で、何？　見ての通り忙しいのよ。下らない用件なら遠慮したいわ」

彼女は隣国イエルゴート王国の王女様だ。

私と同い歳の、マチルダ・イエルゴート王女殿下。

鴉《からす》の濡羽《ぬれば》のように艶やかな黒髪、黒曜石のような瞳、透き通る白い肌を持つ、とても美しい女性だ。

「……その主人公、どちらの男性を選ぶかお教えしましょうか？」

マチルダ王女殿下がこちらを睨《にら》んだ。

物語の先を語られるのは嫌いよね。

マチルダ王女殿下が読んでいるのは切ない恋の話だ。以前見かけた時も、身分差で恋人を諦める悲恋の物語を読んでいた。

「『マリーゴールドの涙』は読まれました？」

「……読んだわ」

「では『愛の後悔』はいかがでしょう」

「……」

「『デゼブルグの恋人よ』は？」

「……ずいぶん本を読んでるのね」

食いついた……

王女殿下は恋愛小説が大好きだと予想していた。

しかも、胸を締めつけるような苦しい恋の物語が。

「ええ。物語を読んでいると、辛い現実を忘れられますから」

「……」

「婚約者が見知らぬ女性と熱い抱擁とキスをしているところを見るよりも楽しいですからね。……申し訳ございません。大好きな恋愛小説について、誰かと話したかっただけなんです。お邪魔しました」

　立ち去ろうとすると「待ちなさい」と呼び止められた。

「コホンッ。恋愛小説の話なら、やぶさかではないわ。どうぞお座りになって。知っているかと思いますが、わたくしはマチルダ・イエルゴート」

「エスメローラ・マルマーダです。王女殿下」

「マチルダでいいわ」

「光栄です、マチルダ様。私のことはエスメローラと呼び捨てにしてください」

「あらっ、それならわたくしのこともマチルダと呼びなさいな」

　掴みはよかったみたい。

　王女様と友だちになるぞ作戦。とりあえず成功ね！

　マチルダの隣に座ろうと個室に足を踏み入れると、「君！」と声をかけられた。

　後ろを振り向くと、本を数冊持った女子生徒が立っていた。

「あら、サラ。早かったのね」

「まぁ……。それより、マチルダ様……」

　サラと呼ばれた生徒は、心なしかマチルダを睨《にら》んでいるように思えた。

「いいじゃない。ここは学院で、生徒間の交流は当然でしょ？　それにあなた、恋愛小説の話し相手になってくれないからつまらなかったのよ。さっ、エスメローラ。こちらに座りなさいな」

　マチルダが隣の椅子を引いて手招きしてくれた。しかし、後ろからすごく視線を感じる……

「あっ、あの。エスメローラ・マルマーダです……」

無視するわけにもいかず、頭を下げて挨拶をした。

「サラ・アルデバインだ」

キリッとした金色の瞳と目が合う。

私より少し背が高く、後ろで一つにまとめられた黒髪が肩に流れる姿は凛としていて、教会に飾られている勇者の絵画を思わせた。

女性にドキドキしたことはないのに、心臓が高鳴り彼女に見惚《みと》れてしまった。

「何か？」

「あっ、いえっ、そのっ……お姿が凛々しくて見惚《みと》れてしまいました」

咄嗟《とっさ》のことで、思っていたことをそのまま口にしてしまった。言ったそばから恥ずかしさが押し寄せてきた。きっと私は真っ赤な顔をしていただろう。

「……」

何か言わなくちゃと思案していたら、いつの間にかサラ様はいなくなっていた。

彼女が立ち去ったことにも気がつかないなんて、私、そんなに動揺していたのね。恥ずかしい……

「ふ〜ん、そういうこと。あいつ、案外ヘタレだったのね」

後ろから楽しそうなマチルダの声がした。

◇◇◇

マチルダと話すようになって一週間が過ぎた。マチルダはとても気さくな人で、恋愛小説の話題になると饒舌《じょうぜつ》になる。彼女と連載ものの小説の今後の展開を想像して話すのは、とても楽しかった。

彼女と親しく話せるのは、図書室の個室を利用できる昼休みと放課後だけ。

他国の王族と親しくすると、利権を狙う他の貴族から狙われたり嫉妬《しっと》されたりする可能性が高い。その場合に身を守れるほどの身分もなければ、すべもない私にマチルダが配慮してくれていた。

私は当初の『王女様と友だちになるぞ作戦』など忘れて、心からマチルダと一緒にいたいと思っていた。


「そろそろ目的を明かしたらどうだ？」

いつものように図書室の個室でマチルダと本を読んでいると、いつも私を警戒してじっと見ているサラ様から言われた。

サラ様は隣国イエルゴート王国のアルデバイン公爵家のご令嬢だ。

王女殿下の侍女兼護衛としてこの学院に通っているそうだ。アルデバイン公爵家は代々騎士の家系で、サラ様は国内でも指折りの実力者らしい。男性と交わって鍛練もするためだろうが、言葉遣いが少し男性っぽく感じる。

そこがまた凛々しくて格好いい……

私が黙っていると、サラ様は語気を強めた。

「君のことは調べさせてもらった」

「サラ。失礼よ」

「護衛として当然のことをしています。――エスメローラ・マルマーダ。十八歳。伯爵家の長女。両親は健在。きょうだいは弟のみ。父のマルマーダ伯爵は王宮に勤める文官。勤務態度は至って真面目。現国王を支持しているものの、権力・金に執着はなく、現状維持に甘んじる凡人」

お父様を凡人と言われて、少しムカッとしたが、盾突いてもいいことはないので、グッとこらえる。

「婚約者がいると言っていたが、その存在は公にしていない。ただ、マチルダ様に話していた内容から推測するに、ブラント・エヴァンス公子の可能性がある」

ブラントの名前が出て、思わず固まってしまった。

「……図星か。君はもう少し腹芸を覚えたほうがいいな。素直なことは美徳だが、見ていて心配になる」

うっ……

「我々に近づいたのはエヴァンス公子からの指示か？」

「違います！」

「……そのようだな。だが、何か下心がある。それはなんだ？」

ジロリと睨《にら》まれると、なんだか悪いことをしているように思える。

「サラ。やめなさい」

「マチルダ様の御身を守るためです。腹に一物ある者をお側に置くのは、賛成いたしかねます」

「エスメローラはわたくしのお友だちです。変に尋問しないの。それに、サラ。エスメローラはわたくしに危害を加える輩ではないと、ちゃんと調べたのでしょう？　話したくなったらエスメローラから言ってくれるわ。せっかちは嫌われますわよ」

「ぐっ……」

マチルダは涼しい顔でサラ様をたしなめている。

さすがマチルダね。

でも、そろそろいいのかもしれない。私の願いを口にしても……

「マチルダ……王女殿下。私の話を聞いてくださいますか？」

マチルダが本から視線を外し、私に向き合った。視線で『話しなさい』と言われているようだ。

「私を……イエルゴート王国にお連れいただけないでしょうか？　あなた様の侍女候補として」

沈黙。

「ブラント・エヴァンス公子から逃げるために？」

「……はじめはそのつもりでした。ですが、マチルダ王女殿下と時間を過ごし、あなた様を知り、もっとあなた様と共にいたい、もっと話したい、もっといろいろな場所に、あなた様と行きたいと思いました。友として、お仕えする主として、お慕い申しております」

私は席を立ち、深々とカーテシーをおこなった。

「……決まりね」

「マチルダ様の御随意に」

「顔を上げてエスメローラ」

「はい」

「あなたの申し入れを受け入れます」

「っ！　ありがとうございます！」

「ですが！」

「えっ？」

「このままのあなたには、魑魅魍魎《ちみもうりょう》が蠢《うごめ》く王宮でわたくしに仕えるのは荷が重すぎるでしょう」

マチルダ王女殿下の言葉はもっともだ。

オルトハット王国の礼儀作法は幼少期から体で覚え込まされているが、イエルゴート王国の礼儀作法は知らない。きっと独自の習慣などもあるだろう。

それに王女殿下の侍女となれば、サラ様のように護衛ができなければならないだろう。

さまざまな悪意からお守りするにも知識や経験が圧倒的に足りない。例えば毒や武器の知識など、今まで『令嬢教育』で培ったものとは別の訓練が必要だ。

「サラ。あなたから教えてあげて」

「かしこまりました。その代わり影の護衛を増やしますがよろしいですね」

「仕方ないわね。将来の優秀な侍女を手に入れるためなら我慢いたしましょう」

マチルダはフワリと笑った。

こんな笑顔を殿方が見たら一瞬で虜《とりこ》になってしまうだろうと思った。

「マルマーダ嬢。私の指導は厳しいので覚悟するように。学院の卒業まで半年ほどだから、無駄な時間はないぞ」

「はい！　よろしくお願いいたします！」

「あっ、それからもう一つ。その野暮ったい格好も改善して、誰もが振り向く淑女にしちゃいましょう！　フフッ。腕がなるわね」

「野暮ったい……ですか？」

「えぇ！　エスメローラの髪はとても綺麗なのに、こんなギチギチに結ってはもったいないわ。お化粧も最低限だし地味よ。グレーの瞳ももっと強調していいわ！　……あら？　よく見たら青いのね。うん、空色で美しいわ！　そう思うでしょ、サラ」

「そうですね。宝石の原石のように磨き甲斐があります。ただ、今も厳格な雰囲気で悪くはないと思いますがね」

「……ヘタレめ」

「なんですか？　マチルダ様？」

マチルダとサラ様が笑顔で睨《にら》み合っている。

でも、私もサラ様のようになれるよう頑張らなくちゃ！

「エスメローラは天然よね」

「……心配です」

決意を新たにしていると、なぜか二人に残念な子を見るような顔をされた。

なんで？

第二話　特訓と大変身！

「先日教えた呼吸法と歩行法はできているか？」

「はい！　呼吸法は常に意識し、歩行法も心がけています」

マチルダの侍女になりたいと伝えて三日が過ぎた。今日は学院がお休みなので、サラ様が本格的な特訓のため朝から屋敷に来てくれていた。

サラ様は普段の制服ではなく、騎士が訓練する時に着るシャツとパンツ、ブーツを着用している。スラッとした体型に男性ものを着こなしているので、中性的な魅力が発揮され色気漂う格好よさに見惚《みと》れてしまう。

「今日から柔軟と簡単な走り込みも追加する。それに伴いこの服を持ってきた」

そう言ってサラ様から長袖シャツとパンツ、ブーツを手渡された。

シャツやパンツにはフリルがついている。パンツの腰回りは布がふんだんに使われていて、まるで短いスカートのようで可愛いらしい。

ブーツは柔らかい素材で履きやすく、疲れにくそうだ。

「ありがとうございます。サラ様！」

嬉しくてもらった服を抱き締めてお礼を伝えると、サラ様はサッと顔を背けた。

「っ！　いや、訓練に差し支えないように考えて持ってきただけなので、その……気にしないでくれ。それから、私のことも呼び捨てにしてほしい」

耳が赤くなっている。照れている姿が可愛らしいと思うことは失礼かしら？

「わかりました。あの、でしたらサラ様、いえ、サラも私のことは『エスメローラ』と呼び捨てにしていただけませんか？」

「そうですね。あっ、そうだな。よろしくエスメローラ」

「はい！　よろしくお願いいたします」

「ん？　敬語のままなのか？」

「あっ！　えっと……。よろしくね、サラ」

マチルダには自然と敬語が外れたのに、サラ相手だと気恥ずかしくなってしまう。

そんな姿がおもしろかったのか、サラは柔らかい笑顔でこちらを見ていた。

◇◇◇

「走る姿勢が乱れているぞ。スピードは出さなくていいから姿勢を意識するんだ」

「はい！」

私は今、自宅の屋敷の周りをサラと走っている。

朝は学院に向かう前にサラ考案の柔軟をし、体幹を鍛え、昼間は学院で勉学と共に呼吸法や歩行法で自主練をし、昼休みはマチルダと共にイエルゴート王国の歴史やしきたりとマナーを学び、放課後はサラと帰宅し走り込みをしている。

走り込みの特訓をはじめて一ヶ月。はじめに比べれば体力も肺活量も増えたが、今のところ歩かずに屋敷の周りを一周するので精一杯だ。

本格的な訓練をはじめた日に身体能力テストをしたら、壊滅的に武の才がないとサラに言われた。

そこで『逃げることは最大の防御。そして声は最大の攻撃だ』と教わった。

私の場合は戦うのではなく逃げる、逃げきることが大切だと教えられた。それから、大声で助けを求めること。大声を出すことで相手は怯《ひる》むし、近くの仲間がいち早く駆けつけることができるからだ。

よって、私は走り込みの訓練を重点的におこなっている。

「休憩にしよう」

「はい……」

サラの指示を聞いて私はその場に座り込んだ。走るのはもちろん疲れるが、正しい姿勢で走ることが難しくて余計に疲れてしまった。

サラ曰く、走る姿勢を意識することで体幹が鍛えられ、体の負担の軽減や怪我防止にもなるそうだ。体力と体作りがある程度できたら護身術の訓練に入るので、その下準備のためにも姿勢を重要視されている。

正しい姿勢を維持するだけで一苦労なのに、護身術なんかできるのかしら……。いえいえ！　弱音を吐いてもはじまらないわ。今はサラを信じて訓練に邁進《まいしん》するだけよね。

「エスメローラ。大丈夫か？」

「うん。これくらいでまいっていてはダメよね」

立ち上がろうとするが、足にうまく力が入らずバランスを崩してしまった。倒れるかと思ったが、サラが抱き留めてくれたので助かった。

「ごっ、ごめんなさい！」

「いや、私のほうこそすまない。もう少しペースを考えればよかったな。無理をさせてしまった。申し訳ない」

「そんなことないわ！　私が不甲斐ないだ――」

顔を上げるとサラの顔がすぐ近くにあって、思わず息を呑んでしまった。

私の緊張が伝わってしまったのか、サラも少し顔を赤くしてそっぽを向いてしまった。

「はわわわわ。ごめんなさい！」

サラから体を離す。だが足取りがおぼつかない。見かねたサラがスッと私を抱き上げた。

「えっ⁉」

「無理をするな。今日の野外訓練はこれで終了しよう。屋敷まで連れていくから私の首に掴まってくれ」

「そっ、そんなっ、重いわ。自分で歩くわよ」

「何を言っているんだ？　羽のように軽いじゃないか。大人しく運ばれなさい」

「はい……」

サラの腕の中は心地よいやら恥ずかしいやら……。私は遠慮しながらも彼女の首に腕を回し、真っ赤な顔を見られないように顔を伏せた。

サラの「クスッ」と小さく笑う声に余計恥ずかしさが増し、屋敷の自室に着くまで顔を上げることができなかった。

◇◇◇

そのあとは自室で薬学の講義を受けた。疲れた体で姿勢よく講義を聞き、呼吸法も意識するのはこたえるが、卒業するまでに形にしなければならない。泣き言は言っていられないわ。

薬学の講義では、毒の種類や解毒剤を暗記させられた。

貴族令嬢たるもの、毒殺の危険は多少なりともあるので、幼少期から毒の耐性を作る訓練はしてきたが、これほどまでに多種多ような毒があるとは知らなかった。さらに、サラはそのすべてに耐性があると聞いて驚いた。

王族に仕えるということは、それだけ命がけなのだと改めて思い知った。

サラにはそこまでしなくてもいいと言われたが、私も今後のために身につけていない毒の耐性を獲得しようと思う。

体力と体作りが一段落した頃、護身術や暗器の取り扱い、気配の消し方を習ったけれど、まぁ……サラには呆れられてしまったのよね。

「人には向き不向きがあるから、気長に訓練をしよう」と慰められた。

だけど、走り込みの訓練ではそれなりの結果を出せたわ。ヒールの高い靴を履き、重量のあるドレスを着用しながら、百メートルを全力疾走することができるようになった。これについてはサラに褒められたのよね。

「よく頑張ったな」って優しく頭を撫でられた時は本当に嬉しかったわ！

それから、この屋敷でサラと実戦を想定した追い駆けっこをするテストも合格できたわ。もちろんサラのほうが速いけど、煙玉や閃光玉や胡椒玉を駆使して制限時間まで逃げきることができた。自宅だから地の利は私にあったけど、合格は合格よね！

◇◇◇

サラと特訓をはじめてから五ヶ月が経った。

「おい、あんな綺麗な子。学院にいたか？」

「制服のバッジが赤だから三年生だろ」

「三年生で途中入学した生徒はいなかったよな？」

「いったい彼女は誰なんだ⁉」

昨日まできつく結い上げていた髪をゆるく肩に流し、うつむいて頼りなさげに歩いていた姿は堂々と顔を上げて歩く姿に変わった。それから、マチルダにプレゼントされた基礎化粧品を使うことで透き通る肌になり、サラにプレゼントされた薄いピンクの口紅は、光に当たると光沢が増して唇がプックリして見える。自分で言うのもなんだが、私は美しい女性へと変身を遂げた。

さらに、特訓の成果で体幹が安定し、動きの一つ一つに優美さが表れ、自信に満ちて見えることだろう。

廊下ですれ違う男子生徒が浮き足立ち、頬を赤らめているのを見て、努力の成果を感じた。

少し居心地が悪いけど……

「エスメローラ」

廊下の向かいからマチルダとサラが歩いてきた。

「マチルダ様。ごきげんよう」

「ごきげんよう。これからランチに行くところなの。一緒にどう？」

「はい。光栄です」

軽く頭を下げマチルダの後ろを歩く。隣のサラにも頭を下げる。

昨日までは廊下で会っても互いに知らないふりをしていたが、今日からは『マチルダ・イエルゴート王女殿下の取り巻き』として多くの生徒に知れ渡るだろう。

「何よ、あの子」

「高位の方ではないわ。見たことないもの。伯爵家以下の家よ」

「あの態度、ムカつくわ。いい気になって恥ずかしい」

「王女殿下の後ろを歩くなんて身のほど知らずよ」

はい、陰口いただきました。

表情は変えずに無視。予想通りな周りの反応に笑いたくなる。他生徒から嫉妬《しっと》の視線をひしひしと感じるわ。これで舞台は整った。

イエルゴート王国についていった場合、私の味方はマチルダとサラだけだ。常に二人と一緒にいられるわけもない。向けられる悪意、卑劣な嫌がらせには私自身で対応しなければならない。

子供のしてくる嫌がらせ程度、いなすなり撃退するなりできなければ、王宮で王女の侍女は務まらない。

これは私に課された『最終試験』なのだ。


マチルダたちと歩いていると、一人の女子生徒が足を引っかけようとしてきた。しかし、そんなぬるい足かけにサラと訓練した私が引っかかるわけもなく、軽く避け「足が出ていらっしゃいますよ。お気をつけください」と笑顔で嫌味を吐く。

その女子生徒は悔しそうな顔をして立ち去っていった。

「まずまずな開幕戦だったな」

サラが耳元で声をかけてきた。

「明日からが本番ね。不謹慎だけどワクワクしているわ」

マチルダの落ち着いた声にドキドキしたが、これから起こるであろう『いじめ』という罠《わな》を潜り抜けなければいけない緊張感もあり、胸が異常な動きをしたのだろう。

第三話　エスメローラの楽しい学院生活

翌日。

「皆様、ごきげんよう」

教室のドアを開けて挨拶すると、騒々しかった部屋が一瞬で静まりかえった。

この学院のクラス構成は、爵位を考慮したものになっている。

王族や公爵家の人間は少人数制のSクラスに所属し、侯爵家以下の子息・子女はAクラス以降に身分順で振り分けられる。マチルダやサラは特別扱いをされたくないとAクラスに所属している。

私は伯爵家なのでBクラスだ。

私はさまざまな視線を感じながら教室の中に足を踏み入れた。

見惚《みと》れている男子生徒。

敵意剥き出しの女子生徒。

そして、心配気な友人たち。

仲のいい友人たちにはあらかじめ説明をし、私の周りが落ち着くまで近づかないようお願いをしたのだ。善良で内気な友人たちを巻き込みたくない気持ちと、言い方は悪いが友人を利用されて足を引っ張られたくないという思いもあった。

友人の一人が、目配せで私がよく座っている席を示した。

余談だが、この学院では席の指定はない。

学年はじめは、担任の教師が生徒の顔と名前を覚えるために席を指定していたが、今では各々好きな席に座るのがルールになっている。

私は席にこだわりがなかったので、基本的にははじめに指定された席を利用している。

私がいつもの席に近づくと、こちらを敵意剥き出しで睨《にら》んでいた女子生徒がニヤニヤと笑った。

こんなに早く嫌がらせをはじめるなんて、あの人たちは相当暇なのだろう。

机の上。異常なし。

椅子。異常なし。

手鏡でこっそり机の下を見るが、異常なし。

本命の机の引き出しを開けると手紙が入っていた。大当たり。

しかし……詰めが甘いわね。

差出人の名前がないのは予想通りだが、宛名も書いてないとはお粗末すぎる。


「ホームルームをはじめます。皆さん、席に着いてください」

担任の女性教師が教室に入ってきた。

最高のタイミングね。

私は手紙の封を開けず教師のもとに持っていった。

「先生。誰かの忘れものが机の引き出しに入っていました」

「っ!!」

さっきまでニヤニヤしていた女子生徒が、明らかに焦っているのが視界の端に映った。

こういう証拠を残す嫌がらせは自分の首を絞めるとわからないなんて、平和な環境を享受していたのね。

「……名前がどこにもないですね」

教師は「誰のものかわからないので開けるしかありませんね」と、封を開けようとした。

「それはマルマーダ嬢への手紙だと思います」

「そっ、そうです。彼女、いつも同じ席に座っているもの」

はい、墓穴をいただきました〜。

教師もわかったのだろう。言葉を発した二人の女子生徒を不審な目で見た。

「これはあなたたちが置いたのかしら?」

「いっ、いえ、違います」

「はぁ。では、誰のものかわかりませんね」

ため息をついて、教師は封を開けて手紙の内容に目を通す。すると、見る見るうちに顔を真っ赤にして震えだした。

「……下劣。姑息な上に矮小《わいしょう》。これを書いた人間の人格を疑うレベルです」

どんな内容かはわからないが、温厚なこの教師を激怒させる内容だったようだ。

「ホームルームは取りやめます。一限目の教師が来るまで各自自習しているように」

抑えているのだろうが、女性教師の怒りは滲み出ており、教室は異様に静かだった。

女性教師は足早に教室を出ていった。

おそらくだが、学院長に報告しに行ったのだろう。筆跡鑑定すれば誰が書いたものかすぐに判明するはずだ。

あの女性教師の憤慨ぶりから、犯人の家に話が行き、親も含めた面談になるだろう。噂好きな人が多いこの学院なら、あっという間に居場所がなくなるかもね。

まぁ、私の関与するところではないわ。


「ちょっと！」

席に戻ろうとしたら、先ほどあの手紙を私宛だと言っていた二人が私の前に立っていた。

「どうしてくれるのよ！」

「先生に渡すなんて卑怯よ！」

自ら犯人と名乗り出るなんて、ちょっと考えが足りないのではないかしら？

「あの手紙はあなた方が？」

「そうよ！」

「生意気なあなた宛の手紙なのよ！　今からでも先生に言って返してもらいなさいよ！」

呆れて言葉を失いかけた。そして、閃《ひらめ》いた。

「そうだったのですね。では、私と一緒に先生のところに行きましょう」

「はぁ？」

「なんで私たちが！」

笑顔で提案すると彼女たちはまなじりをつり上げて怒っている。だが、不安の色を隠せていない。

「友だち同士の行きすぎたイタズラと説明すれば、きっと理解してもらえますよ」

私の言葉に二人が顔を見合わせた。自分たちのマズイ状況は理解できているようで、必死に頭を回転させ、私の提案を受け入れることにしたようだ。

残念だけど、攻撃してくる人を庇うほど私はお人好しではないわ。

女性教師のところに行って「彼女たちが書いたと言っています」と告げた。

もちろん彼女たちは、当初の通り「友人同士の行きすぎたイタズラでした」と説明したが、そんな子供だましの言い訳が通じるわけもなく、彼女たちは両親を交えた面談が決定した。


この手紙事件の日以降、彼女たちの姿は見ていない。

後日、噂で耳にしたが、手紙の内容があまりにも悪質で、貴族の品位を貶《おとし》めると非難され、学院を自主退学したらしい。

自主退学にまで追い込まれる悪質な手紙。

怖いもの見たさで読んでみたいと思ったが、「目が腐るから読まなくていい」とサラに言われた。

内容を知っているような口振りだったが、それ以上は何も話してくれなかった。

◇◇◇

手紙事件のあとしばらく私の周りは静かだったが、またきな臭い感じになってきた。

私を監視するようにコソコソ見ている人が数人見受けられたのだ。

おそらく私の行動パターンを掴もうとしているのだろう。とくに視線を感じたのは、私が教科書や鞄、私物を入れているロッカー前だった。

いじめの定番『私物荒らし』ね。

私がロッカーに荷物を入れたあと、移動教室でその付近から人がいなくなる時間を狙って何かしてくると簡単に予想がついた。

私はロッカーを荒らされないように、備えつけの鍵の他に南京錠もつけて自衛した。

案の定、しばらくしてロッカーを確認すると南京錠の鍵の差し込み口が傷ついていた。

貴族のご令嬢なのに、他人の鍵を開けようと試みるなんてどういう神経をしているのだろう……

こういう嫌がらせはしつこくて陰険だ。犯人を捕らえない限りずっと続くだろう。

そこで、私は罠《わな》を仕掛けた。

問題の時間帯前にコッソリと荷物を別のロッカーに移動させる。そして、今まで使っていたロッカーが見える位置に、サラからもらった映像録画機能がある水晶型魔道具を設置することにした。

余談だが、こういった魔道具は一般に出回っている。主な用途は特別なパーティーなどを録画するものなのだが、近年では巧妙化する犯罪を暴く道具としても注目を集めていた。

予想通り、挙動不審な女子生徒が私のロッカーに近づき鍵穴に粘土を詰めていた。

鍵を開けられないなら、私も開けられないようにしようと逆転の発想をしたのだろう。

発想力は見事だがもっと建設的なことに頭を使ってほしいものだ。


私はあらかじめ学院内でとても恐れられている熱血男性教師に、差し込み口が傷つけられた南京錠を見せて相談していた。すぐさまその男性教師を現場に連れてきて撮れたての映像を見せた。

犯人の顔や手口がいい角度で撮れており、女子生徒が醜悪にニヤッと笑った顔も映っていた。

「なんて卑怯な！」

狙い通り男性教師は憤慨してくれた。

「これはCクラスのロンギニー子爵令嬢じゃないか」

男性教師は言うや否や、魔道具を持って駆け出していった。

あのあと、熱血男性教師はCクラスに駆け込み、クラスの皆がいる前でロンギニー子爵令嬢を糾弾したそうだ。

証拠映像も皆に公開され、彼女は泣いていたらしい。

なんでも誰かに命令されていたらしいが、その相手が誰なのかは頑なにしゃべらなかった。

そのあと、学院内で居場所がなくなった彼女は自主退学した。

私を狙う人はまだいるようだ。

◇◇◇

学院内で一番危ない場所を挙げるなら、私は迷わず『トイレ』と答える。

マチルダやサラの見立てで容姿を改めてから、トイレをずっと警戒していた。

職員室の隣のトイレは教師も頻繁に利用するので、嫌がらせしにくいと考えていたが、甘かったようだ。

個室を使用中、複数の足音が聞こえた。足音や気配からトイレを利用しに来たわけではないとすぐにわかった。

定番の『トイレで水をかけられる』ね。

私は素早くトイレ内で傘を差した。

案の定、上から水が降ってきた。

「キャハハハハ!!」

「ざまぁみろ！」

「生意気なのよ！」

「トイレの水で水浴びなんて、汚いわ〜。伯爵家の分際で身のほどを弁《わきま》えないから悪いのよ」

「ああ、臭い臭い。汚物は学院に来ないでくださる〜」

「「アハハハハ!!」」

彼女たちの高笑いが響き、遠ざかっていく。このままトイレから出ていこうとしているようだ。

隣が職員室だと忘れているのかしら？

私は思いっきり息を吸い込み、「きゃーーーー！！！！」と渾身の悲鳴を上げた。

「なっ、何よ。うるさいんだけど」

「今さら悲鳴とか、どんくさ――」

その瞬間、バンッ！　と大きな音と「どうしたんだ!?」「何があったの!?」と熱血男性教師と担任の女性教師の声が聞こえた。

「えっ、えっ」

動揺する女子生徒たちの声が滑稽だ。

「お前たちここで何をしている!?」

男性の迫力ある声だ。

「なっ、なに、何もしてません！」

「さっきの悲鳴はなんなんだ！」

「そのバケツは何？　まさか個室に入っている子に水をかけたの⁉」

「ちっ、違います！」

「ならなんで床が濡れてるんだ！」

「知りません！」

「私たちは関係ありません！」

まったく計画性のない人たちね。こういったことをするなら、見つかった時の言い訳くらい考えておかないと。

ガヤガヤと騒いでいる中、私はゆっくりとトイレのドアを開ける。

「ごきげんよう」

笑顔で挨拶をした。

三人の女子生徒は傘を差した私を見て、みっともなく口をあんぐりと開けていた。大方濡《ぬ》れ鼠《ねずみ》になっている私を想像していたのに、変わらない姿を見て驚いているのだろう。

三人のうち二人は面識はないが、一人は同じクラスのケイニード伯爵令嬢だった。

「マルマーダさん、大丈夫⁉」

担任の女性教師が駆け寄ってきた。

「はい、ご心配には及びません。突然の雨にも対応できるように傘を準備していましたから。あっ、先生。イタズラで雨を降らせた人たちの会話を録音していますが、こちらはどういたしましょう？」

思い出したように、以前活用した映像録画機能がある水晶型の魔道具を女性教師に見せる。

先ほどの女子生徒たちの会話を流すと「学院長に報告しますからそれを貸してもらえるかしら？」と笑顔だけど怖い女性教師が手を差し出したので、そのまま渡した。

女子生徒たちは、騒ぎを聞きつけた他の教師たちに囲まれて職員室に連れていかれた。

彼女たちも誰かに命令されておこなっていたと白状したらしいが、前回同様に『誰に』命令されたかは頑なに話さなかったそうだ。命じられていたとしても悪質ないじめをしたことに変わりはなく、数日間の自宅謹慎処分となった。

しかし『いじめをしていた』と話が広がり、ケイニード伯爵令嬢は学院に復帰する前に自主退学をした。

◇◇◇

「マルマーダ嬢」

昼休みに入ると突然、知り合いでもない女子生徒がＢクラスに現れた。ずいぶん好戦的な雰囲気だ。

遠巻きにこちらをうかがうクラスメイトが、「Ａクラスの方よ」「どうしてこのクラスに？」とコソコソ話しているのが聞こえた。

「ついてきなさい」

それだけ言うと、その女子生徒はスタスタと歩きだした。

彼女は確かリドリー侯爵家の令嬢だ。平民の使用人との婚外子で、立場的に微妙な人だったと記憶している。


とりあえずこれはいじめの定番『呼び出し』ってことね。


素直についていくわけではないが、誰が私を呼び出しているのか知る必要がある。リドリー嬢はどんどん人気《ひとけ》のない場所に歩いていく。おそらく、学院の端にある裏庭だろう。

私はリドリー嬢に気づかれないよう途中で離れ、裏庭に先回りした。


「連れてまいりました」

リドリー嬢がニヤニヤと後ろを振り向いた。が、私はいない。

「え!?」

裏庭に女子生徒が五人いる。

「連れてきてないじゃない。あなた、わたくしを馬鹿にしているの？」

「ちっ、違います！　先ほどまでは後ろについてきていたのです」

「呼んでくることもできないなんて使えない駄犬ね」

文句を言う女子生徒と面識はない。だが彼女が誰かは知っている。同学年のアンジェラ・デルホルデ公女だ。デルホルデ公爵家の娘で、確か年の離れたお兄様が二人いたと記憶している。

念願の女の子ということで、公爵夫妻は彼女を溺愛していると貴族界隈で有名な話だ。

「申し訳ございません！」

リドリー嬢が突然地面に手をついて謝った。この謝り方は奴隷が主に許しを請う時にする行動で、貴族間ではやらないことだ。オルトハット王国で奴隷制度はずいぶん昔に廃止され、奴隷を保有することは禁止されている。

正直そんな行動をされたら私ならたじろぐ。しかしデルホルデ嬢はリドリー嬢を見下し、その手を踏みつけた。

「うぐっ……」

リドリー嬢が押し殺すような声を出した。

「この駄犬が。主人の命令も聞けない犬はいらないのよ。お前もロンギニー子爵家やケイニード伯爵家のバカ共と同じように、この学院から追い出してあげましょうか？　そうなればリドリー侯爵はさぞ恥をかくでしょうね」

「申し訳ございません！　申し訳ございません！　どうかもう一度機会をお与えください！」

リドリー嬢は頭を地面に押しつけて謝っている。するとデルホルデ嬢はリドリー嬢の頭を足で踏みつけた。ずいぶんな仕打ちに見ていて怒りを覚えた。

「わたくしも暇ではないの。いい？　今度言いつけを守らなかったら……」

「もちろんです！　明日の昼休みに必ず連れてきます！」

「その言葉、忘れないで」

そう言って、デルホルデ嬢は他の取り巻きを引き連れて立ち去った。そして、リドリー嬢は地面に頭を押しつけたまますすり泣いていた。

これは私へのいじめをやめさせるだけではすまないわね。

◇◇◇

「エスメローラはどうするつもりなんだ?」

放課後。

私はいつもの図書室の個室で、サラからイエルゴート王国内の勢力図の講義を受けていた。

現状報告はこまめにしているが、今日の昼休みにあった出来事は話していなかったから、いきなりサラに聞かれて驚いた。

「わたくしも気になっていたの。さすがにエスメローラ一人では手に余ると思うわ」

マチルダも知っているんだ……。

私は大きく息を吸って吐き出した。

「今までのように嫌がらせを回避して学院側に動いてもらう作戦は使えないわ。デルホルデ公爵家相手だと学院側も問題を揉み消すだろうし、下手に反撃すると家に迷惑がかかるわ。それは避けたい」

先ほどのデルホルデ嬢の言葉から、私物荒らしのロンギニー子爵令嬢とトイレで水をかけてきたケイニード伯爵令嬢たちに命令していたのは彼女だろう。

もしかしたら学院側もデルホルデ嬢が関与しているのを知りながら、『命令した誰かは頑なに答えなかった』と揉み消していた可能性もある。

「なので、デルホルデ公爵家の敵対派閥『王太子派』に情報を流して、対応を委ねようかと考えているわ」


オルトハット王国は現在微妙な政治情勢をしていた。正妃様がお産みになった第一王子ヘンリー王太子殿下と、体の弱い正妃様を補佐する立場の側妃様が対立しているのだ。

本来、体の弱い正妃様は王家に嫁ぐことができなかったが、国王陛下の強い希望でお二人は結婚しヘンリー王太子殿下が誕生した。だが、正妃様は出産のため体を悪くしてしまい、公務ができなくなってしまった。そこで国王陛下は正妃様に代わり公務を請け負う側妃様を娶《めと》られたのだった。

はじめはうまくいっていた王家の内情は、現国王陛下の浮気心で瓦解してしまった。

あんなに愛し、床を共にするのは生涯正妃のみと公言していた国王陛下が、側妃様と床を共にしてしまったのだ。さらに最悪なことに側妃様はすぐに妊娠してしまった。

万が一男児が生まれれば、ヘンリー王太子殿下の地位を揺るがしかねない。

そのため、王太子派と側妃派で現在睨《にら》み合っているのだ。

王太子派にリドリー嬢への暴行映像を提供すれば、政治的にもうまく使ってくれるだろう。

だが――

「いじめ問題として、早急な対応はしてくれない可能性があるのよね……」

デルホルデ嬢のおこないは、倫理観にかける非道な行為だ。しかし、それだけだ。所詮は子供のやっていること。王太子がわざわざ解決に動くには軽い案件だし、デルホルデ嬢への単なる注意で終われば、こちらが恨まれるだけだろう。

どうしたものか……

不意にサラが腕を組んで視線を下げた。私が間違っている時によくするしぐさだ。マチルダも指で口を軽く押さえている。

どうやらこの対応では不十分ということだ。だけどどうすればいいの？　デルホルデ嬢を抑えるなら、より権力のある王族の力を借りるしかない。だけど王太子がこちらの思惑通り動く保証はない。なら、他にデルホルデ嬢を抑えられる人物は……

「あっ！」

◇◇◇

「また逃げられたですって！　何をしてるのよ、このバカ犬！」

「もっ、申し訳ございません！」

「本当、使えない。これだから婚外子の劣等人種は嫌なのよ。さっさと謝りなさいよ」

「はっ、はい……」

リドリー嬢は地面に跪《ひざまず》き、祈るように手を握り合わせて「お許しください」と懇願をした。

「違うでしょ！　地面に手をついて、頭も下げて謝りなさい、駄犬が。頭が高いのよ」

「ひっ！　申し訳ございません！　申し訳ございません！」

リドリー嬢は昨日と同じように震えながら地面に手と頭をつけた。ほくそ笑んだデルホルデ嬢が、リドリー嬢の頭を踏みつけようとした瞬間――

「やめろ!!」

男性の声が響き渡った。

「どっ、ドミニク様!?」

デルホルデ嬢の婚約者である、ドミニク・オズボーン侯爵令息が現れた。後ろにはヘンリー王太子殿下もいた。

「リドリー嬢、大丈夫か？」

オズボーン様はすぐにリドリー嬢に駆け寄り助け起こすと、彼女を背に庇ってデルホルデ嬢と対峙した。

「君の悪辣な行為に反吐《へど》が出る」

「まっ、まぁ！　何をおっしゃるの」

「君は今、リドリー嬢に対して無理矢理地面に手と頭をついて謝れと強要したな。しかも彼女の頭を踏もうとした。強要罪に暴行罪。これは立派な犯罪だ」

「はっ、犯罪⁉」

「君が何度もリドリー嬢に暴行していたことも知ってるぞ」

オズボーン様は私が渡した録画機能がある水晶型魔道具を取り出し、昨日の映像を流した。

「リドリー嬢。手袋を外してくれ」

オズボーン様に言われリドリー嬢は手袋を外した。手の甲は赤黒く変色しており傷跡が目立った。

「可哀想に……。昨日踏まれただけでこのような傷にはならない。君が日常的に暴行を加えていたのではないか？　どうなんだ⁉」

オズボーン様の剣幕にデルホルデ嬢がたじろいだ。

「君のような性根が腐っている女が私の婚約者なんて虫酸《むしず》が走る。このことは御両親に報告し、然《しか》るべき対応をとらせてもらう」

「そっ、それはつまり？」

「婚約破棄だ！」

◇◇◇

そのあと、デルホルデ嬢とオズボーン様の婚約は、デルホルデ嬢の有責で破棄となった。当初はデルホルデ公爵家がオズボーン侯爵家に抗議していたが、婚約破棄の原因となった現場にヘンリー王太子がいたことでその訴えは退けられた。

両親に溺愛されていたデルホルデ嬢だったが、家の顔に泥を塗ったとして勘当され、修道院へと送られたと聞いた。

デルホルデ嬢が私をしつこくいじめたのは、「気に入らなかったから」と、なんとも理解しがたい理由であった。


「よく気づいたな」

サラに頭を撫でられた。

「オズボーン様がデルホルデ嬢を嫌っているのは有名だったから、彼に情報を提供すれば動いてくれると考えたの。王太子殿下を引き連れて現場に来るのは想定外だったけどね」

オズボーン侯爵家は中立派だ。本来なら側妃派の令嬢と婚約するのは稀《まれ》だ。噂によるとデルホルデ嬢はオズボーン様とのお見合い中に怪我をし、責任を取るために婚約させたのだそうだ。

情報を提供する時、「これで婚約破棄できる」と泣かれたのよね。よっぽど嫌いだったみたい。

あぁ、それからリドリー嬢も学院を自主退学したわ。リドリー侯爵家から勘当されたけど、オズボーン侯爵家に保護されて、今後の身の振り方の支援を受けるらしい。

私を呼び出しに来た時は余裕がなく鬼気迫る表情だったが、オズボーン様が「必ず助ける」と約束してくれたことで私たちの計画に加わってくれたのだった。

彼女が学院を去る日、彼女から丁寧な謝罪を受けた。その表情はとても晴れやかだった。

◇◇◇

デルホルデ嬢のいじめ事件が解決して数日が経ったある日の放課後。

「エスメローラ」

図書室に向かう廊下で、ある人から約三年ぶりに声をかけられた。

「ごきげんよう、エヴァンス公子様」

他人行儀な挨拶に、婚約者のブラント・エヴァンスは驚いた顔をしている。

「何かご用ですか？」

「えっ？　……その……いじめの件を聞いたよ。驚いた。怪我はない？」

「はぁ」

今さら何を言っているのでしょう？

「僕の愛しいエスメローラをいじめるなんてムカついたよ。だけど、こんな綺麗なエスメローラだから嫉妬《しっと》する気持ちはわかるかな。ねぇ、急に綺麗になってどうしたの？」

突然頬に手を伸ばされた。気持ち悪くて一歩下がりその手を避ける。

「エスメローラ？」

困惑したような顔に笑ってしまう。

「不必要な接触はしないようにと、エヴァンス公子様からのご要望でしたよね。お忘れですか？」

優雅に微笑むと苦い顔をされた。

「……出直すよ」

「左様ですか。では、私はこれで失礼いたします」

「あぁ……。また……」

名残惜しそうな顔をされた。

でも、私はもう振り向かない。あなたからの愛は、もう必要ない。

第四話　今さら会いに来るなんて……

「遅かったのね。何かあった？」

図書室のいつもの個室に行くと、マチルダが心配そうな顔をしていた。

「うん……。人に呼び止められて」

「そう……」

マチルダはそれ以上聞いてこなかった。たぶん、ブラントに会ったとわかっているようだ。

「今日はもう帰りましょう。勉強はだいぶ進んでいるし一日くらい休んでも問題ないわ」

マチルダが私の肩に触れた。優しい手に涙が出そうになった。

冷静を装っていても心の中はぐちゃぐちゃだ。

なぜ今さら声をかけてきたの。三年も放置したくせに。

『あなたを一番に愛しています』

あの花束を心の支えにしていた自分がバカみたい。本当、バカみたいよ。

私が綺麗にならなかったらずっと話しかけてこなかったんでしょ？

何よ、結局顔しか見てないってこと？

私はなんなのよ。あなたを彩る宝石？　くだらない！　あんな男を待ってたの？　最低‼

あぁ……なんでこんなに胸が痛いの。

もうヤダ。全部ヤダ。

「エスメローラ。そんなに手を強く握ってはダメよ。落ち着いて。呼吸をして」

いつの間にか握りしめていた私の手を、マチルダは優しく包み込んでくれた。

「あなたは一人じゃないわ。わたくしがいるのよ。安心して。わたくしは味方よ。エスメローラ、わたくしを見て」

ゆっくりと視線を上げると、泣くのをこらえているようなマチルダがいた。

王女殿下ではなく、友人を心配するマチルダだ。

「まっ、マチ、ルダ……。私、あの人に、会ったの。今さら、出、てきて。ひどい……。最低。今まで声もかけてこなかった。私を守るためって信じて……。でも、私が綺麗になったら、声……かけて……。ひどい、ひどい……。会おうと思えば、簡単に、あっ、会えた、くせに……。最低、最低！　……嫌い。あんなやつ大嫌い。でも、苦しい……苦しいのが辛い。こんな自分が嫌い」

支離滅裂に言葉を吐き出し、嗚咽《おえつ》を漏らした。

マチルダは優しく相づちを打ちながら私の背中を撫でてくれた。

それが温かくて、また涙が溢れた。

◇◇◇

頭が重い。瞼《まぶた》も重い……

うっすらと目を開けると、知らない天井だった。

「エスメローラ？」

サラの声だ。

「エスメローラ、目が覚めた⁉」

視界にマチルダが現れ、ギュッと抱き締められた。

「よかったわ！　あなた、図書室で気を失ってしまったの。もうそろそろ夕食の時間よ」

突然のことで頭がついていかない……

「マチルダ、あの……ここは？」

「ここはわたくしの泊まっている屋敷よ」

「え⁉」

ということは、貴賓館⁉

「図書室で倒れたあなたをここに連れてきたの。ごめんなさい。本当は自宅に送るべきだったのだけど……わたくしのワガママね。心配でこちらに連れてきたの。もちろん伯爵家に連絡を入れているから安心して」

「ありがとう……」

「それに、明日は学院が休みでしょ？　……あなたに接触してきたなら、明日あたり相手が動き出すと思ったの。今はまだ会いたくないだろうと思って。……お節介……だったかしら？」

「ううん。ありがとう、助けてくれて。こんなみっともない姿を見られたくなかったし……気持ちの整理ができるからよかったわ」

無理に笑うとマチルダに頭を撫でられた。優しい手だ。

「明日、町で買いものしない？　あと一ヶ月で卒業でしょ。卒業したらエスメローラをイエルゴートに攫《さら》っていっちゃうから、今のうちに町で遊びましょう！」

チラッとサラを見た。今日の勉強はお休みしてしまったし護身術の訓練はまだまだ不十分だ。

……遊んでいいのだろうか？

サラは軽くため息をした。

「たまには息抜きも必要ですから。ただ、午後はマチルダ様も一緒に訓練に参加してもらいますよ」

「いいわ。最近鈍ってたのよ。明日は思いっきりいかせてもらうからね」

「その言葉、撤回しないでくださいね」

二人は少し暗い笑顔で睨《にら》み合っている。

本当、仲がいい二人を見ていると癒《い》やされる。私も二人の仲間に入りたいな。

「そういえば卒業パーティーのドレスはできあがった？」

オルトハット貴族学院では、卒業式後にパーティーを催すのが伝統だ。

「うん。先日届いたよ。マチルダにデザインしてもらったからとても素敵なドレスになってた」

「フフッ。濃い紺のドレスに大胆な金の刺繍が最高に映えるでしょ。夜空の星みたいで！」

「えぇ。とても美しかったわ」

普段は澄ました顔をしているマチルダも、ドレスの話をする時は年頃の少女になってとても可愛らしい。

「実は〜、わたくしのドレスは空色にしたのよ。デザインも似せちゃった！」

「えっ⁉」

色違いのドレスってこと⁉　王女殿下と被ってるって陰口を言われるわね……

「卒業したら公の場で『親友』として振る舞うことは難しいわ。でも、『親友とお揃いのドレス』って憧れだったのよ……。ダメ？」

ぐっ！　上目遣いのおねだりポーズは卑怯だ……

「わっ、わかった。マチルダの好きにして」

「やった！　会場で一緒に踊りましょう。わたくし、男性パートもできるから」

大人の社交界では好ましくないが、卒業パーティーで友人と踊る女性たちは珍しくない。

三年間仲よく過ごした友人と楽しむ行為として黙認されている。

「エスメローラは誰にエスコートされて入場するの？」

「弟のダッセルよ」

「……弟君、十歳よね？　ちょっと荷が重いのではないかしら？」

「身長は私より低いけど問題ないわ」

本来ならお父様がエスコートするのだが……。ボロボロ泣くだろうとお母様が止めたのよね。

あとはブラントなんだけど……。一緒に入場なんて考えたくもない。

「サラと一緒に入場する？」

「「え⁉」」

「サラはその日、男性の礼装で出席するのよ。わたくしの護衛として」

他国の王族がパーティーに出席する場合、警護のために侍女が男装することが許されている。

「わたくしはお兄様に相手をお願いしているからサラはフリーなの。ちょうどよかったわ」

「よくないです。私は殿下の護衛として出席するのですよ。エスメローラと一緒に入場してどうするんですか」

「わたくしの後ろから入場すれば変じゃないわ。本格的なパーティーじゃないから入場時に名前を呼ばれることもないし、問題ないわよ」

本来のパーティーであれば爵位の低い家から入場する。入場時に『〇〇家入場』とアナウンスされるのだが、卒業パーティーでは準備のできた家から入場するのでアナウンスがない。

「せっかくの卒業パーティーなのだから、いろいろ思い出を作りましょうよ。ね、サラ」

「からかっているな……。わかりました。エスメローラ、それでいいか？」

「あっ！　はい！」

凛々しいサラの男装を想像して思わずドキドキしてしまった。どうしよう。顔が赤いかも……ん～！　一ヶ月後の卒業パーティーが楽しみだ。

そのあと、彼女たちと夕食を共にし、マチルダの希望で一緒に大浴場に入った。残念ながらサラは用事があるらしく一緒に入れなかったのよね。

お風呂から上がり、マチルダと寝る前のお茶を楽しんでいると誰かが部屋をノックした。

「エスメローラに早馬が来ました。エヴァンス公子からの手紙です」

サラの声だ。細く開いたドアの隙間から手紙が差し込まれた。

「マチルダ様の読み通り、『明日会いに行く』といった内容らしいです。公爵家からの手紙なので伯爵夫人の使いが早馬で手紙を持ってきました。急ぎ返答を送ってほしいそうです」

「彼、ずいぶんと身軽に行動するのね」

「余裕がないのかと」

「でしょうね。今さら慌てても遅いのに滑稽ね。エスメローラ、どうする？」

マチルダは私に手紙を渡した。

『愛するエスメローラ
久しぶり。この三年は、一日が百日あるのかと思うほど長く、辛かった。

君も同じ気持ちだったかな？

学院に入った時、君を守るために婚約を公にしなかったが、卒業パーティーで正式に公表しようと思うんだが、どうだろう？

君のためにドレスも準備したから、明日屋敷に持っていくね。

ブラントより』

思わず手紙を握り潰しそうになった。

守るため？　学院に入って女性と遊びたかっただけでしょ。今日みたいに会おうと思えばいくらでも会えたはずだ。手紙だってこんなに簡単に送ってこられるじゃない。

嘘つき……

「明日、会うわ」

「……向き合うの？」

「卒業パーティー前に煩わしい男と決着をつける」

「……そう。わかったわ。わたくしはエスメローラの味方よ。うまくいかなくてもわたくしがあなたを攫《さら》ってあげるわ」

「マチルダ、格好よすぎよ。あなたのこと、違う意味で好きになっちゃうじゃない」

「光栄ね」

マチルダはいたずらっ子のように笑った。それにつられて私も笑っていた。

◇◇◇

ブラントとは夕方に会うと連絡し、私たちは三人で町を散策している。

せっかく気分転換に誘ってくれたのだ。ブラントより優先するのが当たり前だ。

「あっ！　このカチューシャ可愛いわね！」

「うん。マチルダに似合ってるよ」

マチルダは金色のカチューシャを嬉しそうに頭に着けた。

「このブローチ、素敵じゃない？」

マチルダは黒真珠のブローチを手にした。花を形取った金細工で、中央に大粒の黒真珠があしらわれている。とても素敵だが、見るからに高そうだ。

「素敵だけど、ちょっと手に取りにくいわね」

「そう？　こんなの普通でしょ。ね、サラ」

「はい。普段使いにいいですね」

さすが王女様ね。このブローチが普段使いなんて……

こういう感覚も、マチルダ王女殿下に仕えるなら習得しておかなくちゃ！

頑張るぞ！


「本当、エスメローラって考えていることが顔に出るわね」

「そこが可愛いのですが心配になります」

「……早くイエルゴートに連れて帰りたいわ」

「独り占めはさせませんからね」

「どの口が言うんだか。もう準備はできてるのでしょ？」

「ご両親には話を通しています。ただ、エヴァンス公子の出方次第で決めたいと」

「可愛い娘を手放したくはないものね。かといって、娘が不幸な結婚するのを見すごすことはできないってことかしら？」

「はい」

「あちらの首尾はどうなの？」

「整ったようです。おそらく、卒業パーティーに仕掛けてくると思われます。余裕ができたからエスメローラに接触してきたのでしょう」

「本当、バカよね。それとも驕《おご》りかしら？」

「驕《おご》りですね。婚約者を約三年放置し、十一本の赤いバラを定期的に贈ることしかしなかった愚か者ですから」

「……最も愛しい人よ。変わらない愛をあなたに贈ります……ってことかしらね」

「自己中男の独り善がりな愛ですよ。どんなに愛し合っている夫婦でも信頼し合って心を通わさなければ破綻します。『彼女は自分をいつまでも愛し、待っていてくれる』と考える男の甘い妄想です」

「本当、馬鹿な男ね」

◇◇◇

楽しい時間はあっという間だ。買いものをして、ランチして、植物園を散策して。このあとに控えている憂鬱なことを忘れて三人で楽しく遊ぶことができた。

そして二人からあの黒真珠のブローチを渡された。

「こんな高価なものをもらえないわ！」

「今日の記念よ。ね、サラ」

「あぁ。とても似合っているよ、エスメローラ」

「……ありがとう」

「エスメローラ。笑顔は淑女の武器だ。感情が溢れそうになった時ほど、腹に力を入れて、姿勢よく、優雅に笑うんだ」

「はい！」

「いい笑顔だ」

サラの優しい微笑みに見惚《みと》れてしまった。

気合が入るわ！　いざ、決戦よ!!

◇◇◇

屋敷に戻り私は手早くブラントを迎える準備をおこなった。

今流行りのドレス。マチルダから褒めてもらった髪型に化粧。先ほどもらった黒真珠のブローチ。

サラと特訓した美しい姿勢と所作。

私に怖いものはない。


「お嬢様。エヴァンス公子様がお見えになりました」

「応接室にご案内して。すぐに向かいます」

鏡に映る私は微笑む。強《した》かな女性の仮面を着けるように。


「エスメローラ！」

席に着くことなく立っていたブラントが私を出迎えた。

両手には十一本の赤いバラの花束を抱えて。

三年の間に彼は色気漂う男性になっていたが、笑顔が軽薄に見えた。

「会えて嬉しいよ」

「私もです。どうぞおかけになってください」

私に席を勧められ、彼は二人がけのソファーに腰を下ろした。ニコニコと私が隣に来るのを待っている。彼を尻目に、私は向かいの一人がけのソファーに座った。

彼は少し驚いているようだ。笑顔が少し強張っている。

「どうしたんだい？　昔のように隣に座りなよ」

「私たちも十八歳となり、もう子供のようには振る舞えませんわ」

「……君は変わったね」

「人は成長するものです。学院に入り私も淑女として勉学に励みましたから。エヴァンス公子様も同じでしょう？」

『エヴァンス公子様』――その言葉に彼は顔を引きつらせた。

明らかな私からの拒絶。

「ここは学院ではないよ。昔のように名前で呼んでほしいな」

「申し訳ございません。久しぶりにお会いするので緊張していますの。ご容赦くださいな」

ニッコリ微笑むと彼は苦しげな顔をする。

「わかった。今まで離れていた分、ゆっくりと緊張をほどいていこう。会いたかったよ、エスメローラ」

甘い顔、甘い声。世の中の恋する乙女が見たら、たちまち蕩《とろ》けてしまいそうな美しい微笑みだ。

「花束。受け取ってくれるかい？」

「ありがとうございます」

花束を差し出されたので受け取った。花に罪はない。部屋の端にいるメリッサに渡し、「花瓶に生けて」と頼んだ。

「今日のドレスもよく似合ってるね」

「ありがとうございます」

「学院の制服と違って大人の女性って気がする」

少し頬を赤くする姿に……萎《な》えた。

「今日のご用件はなんですか？」

早くこの不毛な時間を終わらせたくて、私は直球で質問した。

「あっ……あぁ」

少し驚きつつも彼はメリッサに「君。あれを取ってくれ」と出入口付近のサイドテーブルに置いてある箱を持ってこさせた。

「開けてみて」

催促するので、仕方なく箱を開けると中身は水色のドレスだった。

「……綺麗」

ドレスの美しさに思わず言葉が漏れた。

水色に銀の刺繍がふんだんにあしらわれていて、角度によってはグレーに見えた。

「先日できあがったんだ。サイズは問題ないと思うけど、手直しがいるかもと思って早めに持ってきたんだ。靴と宝飾品も合うものを用意した。これで一緒に卒業パーティーに参加しよう。もちろん、僕がエスコートするから安心して」

ニコニコと微笑むおめでたい頭をかち割りたい。溢れ出そうな怒りを笑顔で蓋をする。

「お断りしますわ」

「え!?」

「卒業パーティーのエスコート役も、すでにお約束した方がおりますの。突然反故《ほご》にしたら相手に失礼ですわ。申し訳ありません」

「はぁ!?」

「もう少し早くおっしゃっていただきたかったですわ。ドレスもすでに準備してしまいましたの。卒業まで約一ヶ月前ですからね。三ヶ月前には準備をはじめましたのよ。ドレスは注文してすぐにできるものではありませんから。おわかりいただけますよね」

サラ仕込みの威圧的な笑顔で相手を黙らせる。思惑通りばつが悪い顔をした。

「連絡を怠ったことは申し訳なかった。でも僕たちは婚約者じゃないか。卒業パーティーは婚約者にエスコートされるのが普通だろ?」

「私たちの婚約は公にされておりませんので、卒業パーティーで共に出席する必要はありませんわ」

あらあら、眉間にシワが寄りだしたわ。

「エスメローラ」

「はい」

笑顔で答える。威圧したって、そんなのどうってことはない。

私が動じないでいると、視線を外された。

「ったく、なんなんだよ……」

その不貞腐《ふてくさ》れる横顔を懐かしく思う。学院では文武両道、容姿端麗などとブラントを褒め称える声が多いが、実際は自分の思い通りにならないと不機嫌になるワガママ男だ。

昔はそんな彼を可愛いと思っていたが、蔑《ないがし》ろにされてその気持ちも過去に置き去りになったようだ。

「公にしなかったのは君を守るためだ。学院に入った時そう説明したじゃないか。それなのに君は僕以外と卒業パーティーに出るのか。そんなに薄情だったとは知らなかった」

彼は腕を組み、ソファーの背もたれにどっしりともたれかかった。なんとも品がない。

「昔の君は僕のことを優先してくれたじゃないか。学院でよくない連中と付き合ってるのか？　優しい君に相応《ふさわ》しくないよ。エスコートする男もそうだ。優しい君に付け入り無理矢理約束させられたんだろ？　僕がなんとかするから相手を教えてくれ」

目の前の男は誰だろう……

彼はこんなに横暴で、傲慢で、醜い顔をしていただろうか。

話を、言葉を交わすたびに私の中で何かが崩れるようだ。そして心を酷く冷たくする。

これを人は『失望』と言うのだろう。

第五話　喜んで婚約解消にサインするわ

「デリカ嬢をお誘いすればよろしいのではありませんか？」

私の言葉に今まで横柄な態度をしていたブラントの顔色が変わった。

スカーレット・デリカ公爵令嬢。公爵家の令嬢で同い年だ。

燃えるような美しい赤い髪と、煌《きら》めく青い瞳で多くの男子生徒の注目を集める美少女だ。

そう、私が図書室から目撃したブラントと濃厚なキスをしていた女性だ。

学院で流れる数多くあるブラントの噂にたびたび登場する名前だ。他にもトリシャル伯爵令嬢、ルルードル伯爵令嬢など、名前を上げるときりがない。

彼が女遊びした数だけ、被害者の女性の名前が学院で噂されるのだ。

「デリカ嬢とは友人なんだ。卒業パーティーに一緒に行く間柄ではないよ。噂を聞いたんだね。あぁ、そうか！」

何を思ったのか、顔面蒼白だった彼の顔が明るくなった。

「嫉妬《しっと》したのか」

ニヤニヤ笑ってくる顔が気持ち悪い。

「だからドレスを受け取らないで、エスコートを断っているのか。そうかそうか、フフッ。本当にエスメローラは可愛いな」

彼は席を立ち、私の側に来ると跪《ひざまず》いた。

「安心してくれ。噂になっている令嬢とは何もないんだ。ただ話をしていただけなんだよ。僕が愛しているのは今も昔もエスメローラ、君だけだ」

上目遣いで懇願してくる姿は、まるで子犬のように愛らしい。自身の顔がいいことを熟知し、どのように見せれば異性の心を射止められるか計算されたしぐさだとすぐにわかった。

本当、バカにしてるわよね。

「公爵家のご子息が伯爵家の娘に膝をついてはいけません。どうぞ、お座りください」

「エスメローラ……」

まるで犬が寂しく鼻をくぅ～ん、と鳴らしているようだ。

この男の本性を知らなければ、大抵の女性は母性をくすぐられてしまうのだろう。

「はぁ……」

私はあからさまにため息をついて見せた。

きっと思っていた反応と違っていて内心動揺しているのだろう。彼の瞳が少し揺れていた。

「話しづらいので席に座ってください」

「では一緒に座ろう」

二人がけのソファーに目配せしてくるが無視をする。

「ご遠慮いたします」

「フフッ。恥ずかしがってるんだな」

あぁ……イライラする。ニコニコしながら彼は元の席に座った。

「卒業パーティーのエスコート、相手には僕から断りの連絡を入れてあげるよ。婚約者だと言えば引き下がってくれるはずだ」

「必要ありません」

「意地を張るなよ。機嫌を直してくれ。綺麗な顔が台なしだぞ」

その言葉にカチンときた。

「綺麗にならなければ私に声もかけなかったんでしょ？　三年間、一度も声をかけてこなかったもの。ようやくその他の令嬢のようにあなたのお眼鏡にかなったのかしら？」

「はぁ？　おいおい、何を言い出すんだ。そんなわけないだろう」

「あら。それならどうして今さら声をかけてきたのかしら？　同じ学院で学んでいるから会おうと思えば如何様にも会えたのではないかしら？」

「だからずっと言ってるじゃないか。僕がエスメローラに近づくと君に被害が出ると思って会いたくても我慢していたんだ。手紙だってそうだ。手紙を書けば送り先を特定されて君に迷惑がかかったかもしれない。でも、愛している気持ちを伝えたくて、人に頼んで花束を送っていたんだ。メッセージカードも直筆だと危ないから側使えに書かせていたんだ。すべて君を悪意から守るためだったんだ！」

あの花束も、メッセージカードすら、他人が用意したもの……

胸が……痛い。

もう傷つかない、あんな男、と思っていたのに。私の心にはまだ傷つく場所があったのね。

本当に最低。

「エスメローラ？」

心配するような声だ。きっと酷い顔をしているのだろうな……

「……今さらだと思いませんか？」

「え？」

「私がどれだけ寂しかったかわかりますか？　私のように婚約者を公表してない友人はいましたが、彼女は婚約者と手紙を送り合い、プレゼントの交換をしていましたよ。学院でもこっそり待ち合わせして、少しの時間でも会って幸せな顔で教室に戻ってきていたわ。あなたのように『不愉快な噂』も立ててなかったわ！」

ダメよ……。冷静にならなくちゃ。

「私が、何も知らないと思ってるんですか？」

「いや……その……噂くらいは聞くだろうと思ったけど、エスメローラなら僕を信じてくれると思ったんだ。僕は君を愛してる。君だけを愛しているんだ」

必死な顔がとても滑稽に見えた。

「誰にでも囁《ささや》く愛はとても薄っぺらいですね」

「違う！」

「不誠実だと思わなかったのですか？　信じてくれる？　信頼関係を壊しておきながらよくもそんなことが言えますね」

「違うんだ！　話を聞いてくれ」

「嘘ばかりおっしゃるあなたの言葉にはなんの価値もありませんわ」

「エスメローラ!!」

まったく取り合わない私に焦れたのか、彼は突然立ち上がった。

「卒業パーティーは俺と参加するんだ。エスコートの相手を言え」

今まで『僕』と言っていたのに突然『俺』と言葉を変えた。声色も低くなり、威圧的な命令口調に変わった。

これが彼の本性なのだろう。

話し合いを放棄し、力業ですべて思い通りにしようとする。力の弱い女、自分より爵位が下の家の女など力でねじ伏せればいいと……浅はかなことだ。

「嫌です」

見下ろす彼を嘲笑ってやった。

「あなたはデリカ嬢と参加してください。あんな人目を忍んで熱い抱擁とキスをする二人なのですから」

「何っ!?」

「お望みなら婚約解消の書類にサインいたしますわ。喜んで」

サラの『感情が溢れそうになった時ほど、腹に力を入れて、姿勢よく、優雅に笑うんだ』という言葉を思い出し、腹に力を込める。

「図書室から見える中庭、木が乱立していて死角が多いですよね。秘めごとをするにはうってつけ。実際、私がいた場所からしか、あなたたちの姿を見ることはできなかったでしょう」

さっきまで威圧的に立っていた男は、アホみたいに口をパクパクさせて顔色を悪くしている。

「よく計算された場所ですね。あなたの他にもそこで逢瀬《おうせ》をする方を見たことがあるので、男子生徒には有名なのかしら？」

「ちっ……違うんだ……違っ……」

「いいのですよ。学院には私なんかより美しいご令嬢は数多くいらっしゃいますから。羽目を外してしまうのでしょう。美しい華を渡り歩き、楽しんだあとは盲目的にあなたを愛す従順な奴隷女を娶《めと》り、自分の家を守らせる。自由に夜の華を遊び回りたいと思うのは男性の性《さが》なのでしょうから」

「違う、奴隷女だなんてそんな酷いこと――」

「お黙りください。汚らわしい」

私は立ち上がり美しい笑顔を作った。

「卒業パーティーのエスコートは私がもっとも尊敬している方とお約束しておりますの。ドレスもその方々と決めましたから、あなたのドレスもエスコートも必要ありません。お持ち帰りください」

私よりも背が高く体つきもしっかりしているのに、まるで子鹿のように震えているわ。

「愛するお二人を邪魔する気は毛頭ありませんので、私はいつでも婚約解消に同意いたしますわ。あぁ、ですが、婚約解消するなら卒業パーティー前に申し込んでいただけると助かりますわ。煩わしい気持ちのまま尊敬する方の手を取りたくないですから」

「誰なんだ!!」

突然ブラントは駆け寄ってきて私の手首を掴んだ。

「俺の女に手を出したヤツは！　言え！」

なんて醜い顔でしょう。

「私はあなたの女じゃありません」

「俺の婚約者だ！　俺が！　最も愛する人だ」

不快。

「あなたが愛しているのはデリカ嬢です」

「違う！　あれは！　……あれは……」

言い訳を考えているのだろう。瞳が小刻みに揺れている。

「エスメローラ！　俺を……僕を……信じてくれ」

彼は弱々しく跪《ひざまず》いた。

「本当に、愛しているのは君だけなんだ。デリカ嬢や他の令嬢との噂は、時が来たらすべてわかるはずだ。彼女たちに対して恋愛感情はない」

ずっと違和感があった。

私は伯爵家の娘だ。ブラントが婚約解消を求めてきたら、我が家は大人しく従うしかない。しかも恋仲になったのが公爵令嬢なら家格も釣り合う。むしろそちらに乗り換えるのが普通だ。

なのに、彼は違うと否定する。

卒業パーティーで私をエスコートする誰かに激しく嫉妬《しっと》した。

彼の行動は矛盾している。

何か理由があるのは明らかだ。


「お引き取りください」

しかし私には関係ないことだ。

「エスメローラ！」

彼の手から自分の手を引き抜いた。

「待って、エスメローラ。待ってくれ！」

「三年間……。ずっと待っていましたよ」

涙が溢れてしまった。

こんなヤツのために泣きたくなんてないのに、涙は私の意思を無視して流れてしまう。

「ごめん、エスメローラ。ごめん……。僕が悪かった。君はどんなことがあっても、僕を好きでいてくれると、僕を待っていてくれると……。こんな、泣かせるなんて思わなかったんだ。本当にごめん」

「もう……終わりにしましょう」

「やだ！　絶対やだ！」

彼はなりふり構わず私を胸に抱き込んだ。

「お嬢様！」

「エヴァンス公子様！」

部屋で待機している護衛やメリッサが慌てる声がする。

「僕に触るな！」

頭上で彼が怒鳴《どな》り、周りを威嚇《いかく》した。

「これ以上は何もしない。下がれ」

部屋に緊張感が漂う。

ゆっくりと足音が遠ざかるのが聞こえる。

「エスメローラ。本当にごめん。時が来ればすべて説明する。何も君に言わなかったことも謝罪する。僕の残りの人生すべてをかけて償う。だから、僕を捨てないで」

かすれる小さな声が頭に降り注ぐ。

でも……私の心には響かない。ただただ、面倒だと疲労感が胸を占めた。

「信じられません」

彼の抱き締める力が強くなった。

「好きだ。君を愛してる」

「私はもう、愛していません」

「あと少しなんだ。卒業パーティーが終わればずっと一緒にいられる。寂しい思いをさせた分埋め合わせをする。償うから。……お願いだ」

「苦しいので離してください」

「君が許してくれるなら……」

「許していますよ」

私の言葉に希望を感じたのだろう。彼は抱き締める腕の力を緩め、愛しそうに私の顔を覗き込んできた。でも私の顔を見た瞬間、顔を強張らせた。

「なんとも思っていませんから」

「エスメローラ……」

「ただ、不快なので離してください」

彼から離れ、私は部屋のドアを開けた。

「卒業パーティーのためにご用意いただいたドレスは受け取れません。また、エスコートも必要ありません。私たちの信頼関係はもうありません。このまま婚約を継続するのはお互いのためになりませんので、次期公爵閣下として懸命な判断をお願いいたします」

「……僕は婚約解消に同意しない。絶対にだ！」

「左様ですか」

「婚約破棄だってさせない！　君を縛りつける方法はいくらでもあるんだ。僕の噂や、君が見たキスの話を破棄理由にするつもりだろうが、その理由では受理されない。させない。君は僕と結婚するしかないんだ！」

「左様ですか」

感情のこもらない返答に彼が焦っているのがわかる。

「お話は以上でよろしいですか？　エヴァンス公子様がお帰りです。メリッサ、お見送りして差し上げて」

「はい」

メリッサの返答を聞き私は部屋を出た。

「エスメローラ！」

彼が追いかけてこようとしたが護衛とメリッサが道をふさいでくれた。お陰で私はそのまま自室へと向かえた。

遠くのほうで「エスメローラ！」と呼ぶ声がやかましかったが私は振り向かなかった。

そして彼が持ってきたドレスは、両親からエヴァンス公爵家に返却してもらった。

第六話　令嬢たちの襲撃

「ブラント様とはどういう関係なの」

朝一番に私はご令嬢たちに絡まれた。

「伯爵家の分際でブラント様を屋敷に呼びつけるなんて、どういう神経をしているの！」

「本当に図々しい！　ブラント様の優しさに付け込んだのでしょう」

学院の馬車の乗り入れ口に、ご令嬢たちが待ち伏せていた。

醜い顔が雁首《がんくび》揃えてお出迎えとは、変な意味で豪華だなと不謹慎に思った。

しかし情報が早い。ブラントが私の家に来ただけでこんな騒ぎになるのかと驚きだ。

さて、なんて言おうかしら……

婚約者だと名乗るのは下策だ。だからといって、これまで接点もなかった伯爵家に来るのだから、
彼女たちを納得させられる嘘も思いつかない。

「何をおっしゃられているのか理解できませんわ」とシラを切るしかない。

「なんですって！」

「皆様、少し落ち着いてくださいませ。確かに昨日エヴァンス公子様が屋敷にいらっしゃったらしいのですが、ご用件までは存じ上げませんわ」

「まぁ！　白々しい!!」

「それを信じろと！」

興奮している女性の顔はどうしてこんなに醜いのだろう。普段はおしとやかで美しいご令嬢たちなのに、なんとも残念なお顔だ。

「そう言われましても……。お父様の仕事の話など娘の私にはわかりませんもの」

「「はぁ!?」」

皆さん息ぴったりですね。

「お母様が代理で対応しておりましたので、私にはなんのことやら……」

首をかしげて『困ったわ～』と言いたげな顔をすると令嬢たちの勢いが削がれた。すると、令嬢たちの一番後ろでこちらを冷え冷えと見ていた女性が口を開いた。

「流行りのドレスと赤いバラの花束を持ってあなたの屋敷に行ったのよ。何もないわけないでしょ」

スカーレット・デリカ公爵令嬢だ。

ブラントがドレスを持ってきたと知っている。でも私の屋敷で何があったかは知らない。

つまり、ブラントの屋敷にスパイでも忍ばせているのだろう。『流行りのドレス』と言ったことが決め手だ。箱の中の品物を知っているのは、彼のすぐ近くに情報源があるということだ。

これは、我が家も注意しなくては。帰ったらお父様に報告が必要ね。

デリカ嬢なら今日にでも我が家にスパイを潜り込ませるはずだ。

しかしブラント……。危機管理も周辺警護もお粗末じゃない？　易々とスパイを側に置かれてしまうなんて王太子殿下の側近候補として失格ね。

そんなことはどうでもいいわね。さて、どうしようかしら……

「何をしている」

凛とした声が響いた。

ヘンリー王太子殿下だ。

深い海のようなブルーの髪にエメラルドグリーンの瞳を持つ、オルトハット王国の若き太陽だ。

その後ろに、ブラントや他の公爵家や侯爵家の令息が控えていた。

あら？　この面子《めんつ》……。何人か見たことがある。

そう、ブラントがデリカ嬢と熱いキスをしていたあの場所を利用していた令息たちだ。

「若き太陽にご挨拶申し上げます」

デリカ嬢がみんなを代表して挨拶をした。

この中で一番爵位が高い彼女から王太子殿下に挨拶するのは普通のことだ。

デリカ嬢にならって、他の令嬢や私もカーテシーをする。

「ここは学院だ。堅苦しい挨拶は不要。みんな、頭を上げてくれ。で、なんの騒ぎだ？　デリカ嬢」

「女同士の単なる世間話ですわ」

「それにしては雰囲気がものものしいな。女の世間話はこんな険しい顔で話すものなのか」

「女性の顔を揶揄《やゆ》するなんてお人が悪いですわ。ホホホ」

「君の美しい顔が酷いことになっているから心配しているんだよ」

「まぁ、美しいなんて。お恥ずかしいわ」

笑顔で嫌みの応酬をする二人を、周りはヒヤヒヤと見守るしかなかった。

「朝から殿下とお会いできて光栄でしたわ。授業の準備もありますので、これにて――」

そう言ってデリカ嬢がこの場を立ち去ろうとすると、殿下が不敵に笑った。

「ハハハ。ブラントがマルマーダ伯爵家に行ったことを咎《とが》めていたのであろう？」

デリカ嬢の動きが止まった。

「さぁ。なんのことでしょう」

「流行りのドレスを持たせたのがよくなかったな」

「っ！」

一瞬デリカ嬢の肩がピクリと動いた。

「いくら恋は盲目といっても、束縛しすぎては男に嫌われるぞ。まぁ、鼠取《ねずみと》りにはちょうどよかった。そうだろ？　ブラント」

「殿下の助言に感謝いたします」

「ブラントには重要な仕事も任せているんだ。好奇心で男の腹を探るのは淑女としてどうなのかな？」

「……なんのことでしょう」

デリカ嬢は優雅に微笑んだ。華々しい微笑みなのに鋭利な刃物を思わせる。

殿下も考えを読ませない笑顔だ。思わずゾクッとした。

「マルマーダ嬢」

「はい」

突然話しかけられて驚いた。声がひっくりかえらなくてよかった。

「巻き込んですまなかったね。まぁ、前回はこちらも君に巻き込まれたから、おあいこかな」とウインクをされた。

もしかしてデルホルデ嬢の件を指しているのだろうか？　私の撮ったいじめ証拠映像は、デルホルデ公爵家を追い詰めるのに貢献したと聞いている。

どうやら私を助けるために声をかけてくれたようだ。

「では、お父上によろしく伝えてくれ」

「もったいないお言葉です。父に伝えておきます」

「では、みんな。教室に行こう」

そう言って、殿下はブラントやデリカ嬢など、周りの学生を引き連れて校舎に入っていた。


「ねぇ、今のってどういうことなの？」

「スカーレット様がエヴァンス公爵家にスパイを潜り込ませて、ブラント様の行動を監視していたってことよ」

「えっスパイ!?　怖～い」

「怖いわよね。それでヘンリー殿下が一計を案じてスパイをあぶり出したみたい。さすがよね」

「あぁ！　だからまったく関係ない伯爵家にブラント様がドレスを持っていったのね」

「好きな方の屋敷にスパイを派遣するなんてちょっとやりすぎよね」

「本当、怖いわ〜」

デリカ嬢の手足となって私に突っかかってきた令嬢たちは、ここぞとばかりに陰口を叩いた。

太鼓持ちの令嬢はこれだから嫌いなのよね。

しかし……ヘンリー王太子殿下。爽やかな顔をして恐ろしい人だわ。

まるではじめからデリカ嬢との会話を聞いていたような助け船の出し方だった。もちろん聞いていなかったはずだが、状況を読む力に恐ろしさを感じた。

あの方はどこまでわかっていたのだろう。

流行りのドレスをブラントに持たせたと言っていたが、ドレスはブラントの判断で持ってきたように思える。あらかじめブラントが殿下に話していた？

流行りのドレスについてブラントが殿下に相談していたのなら、できあがった報告と持っていく報告をしていたのかもしれない。頭のよい殿下なら、ブラントが女性の屋敷にプレゼントを持っていくことがデリカ嬢に知られれば、彼女が動くと考えてもおかしくない。

いや、スパイの件が咄嗟《とっさ》に出るとは考えにくい。それに私が『ブラントは父親の来客だった』と嘘をついたこともわかっていた。

いったいどれだけのことを先読みしていたの……

殿下の去ったほうを見て、冷たいものが背筋に流れた気がした。

◇◇◇

「朝は大変だったわね」

昼休み。図書室の個室でマチルダはおかしそうに言った。

「見ていたの？」

「あんなに騒いでたら見たくなくても見えるわよ。ヘンリーは相変わらずいけすかなかったわね。あいつの爽やかな顔を見ると吐き気がするわ」

ずいぶん辛辣な言葉だ。何かあったのかしら？

サラに目を向けると、ため息をついて首をすくめた。教えてくれないようだ。

「婚約解消のほうはどう？」

マチルダの問いに私は首を横に振った。

「まぁ、そうなるだろうとは思ったわ。伯爵は何か言っていた？」

「私の気持ち次第だと」

「書類はすでに揃っています。今すぐにでも実行できますよ」

サラは涼しい顔で報告する。

「やるなら卒業パーティー直前よ。ヘンリーもまともに動けないだろうし、貴族の令嬢がここまでやるなんて夢にも思わないでしょうね」

まるで悪役のような底意地の悪い笑顔だな。

「あとは伯爵の言うように、『エスメローラ次第』ね。三年ぶりにまともに話してどうだった？」

「そうね……。複雑……かな」

視線を落とすと、マチルダとサラが机に乗せている手に触れてくれた。

「彼の行動に……何かワケがあったのは、なんとなくわかったの。『守るために近づかなかった』と彼が言っていたのは本当なのだと、今朝、実感したわ」

「うん」

マチルダの優しい相づち。心が、温かくなる。

「でも、それだけ」

あとから知った事情で、私の寂しさは、不愉快な噂で傷ついた心は……何も癒《い》やされなかった。

むしろバラの花束は彼自身が用意していたわけではないと知り、新たな痛みを覚えただけだ。

愛情……と呼んでいたものがわからなくなった。もう彼を信じることはできない。

仮に婚約を継続し婚姻したとして、彼が同じことをしないと言い切れないだろう。今回のように
あとから事情を説明すれば許してくれると軽んじられるだけだ。

そんなこと許せない。

不安に苛《さいな》まれながらこの先一生を過ごすのなら、マチルダを支えていきたい。

そのためにすべてを捨てることになっても構わない。

「私の決意は変わりません。お父様にもそう告げます」

「そう……。後悔のないように準備しましょう」

「ありがとう、マチルダ」

卒業パーティーで決着をつけよう。

第七話　卒業パーティー

「エスメローラ〜……うぅ……」

今日は卒業パーティー当日。夕日が沈めばパーティーがはじまる時間になる。

学院の大ホールでパーティーは行われるが、開場時間までは各々教室や中庭などで待機している。

私はマチルダと集合するために、いつもの図書室の個室で家族と待っている。

ドレスはもちろん、マチルダとお揃いのデザインのものだ。胸には黒真珠のブローチをしている。

「エスメローラ、うっ、綺麗だよ。うぅ〜！」

「あなた、ハンカチ」

「ありがとう。うぅ……」

先ほどから泣いているのはお父様だ。情に厚く、涙もろい、可愛いお父様。

その隣で「しょうがない人ね」と優しい呆れ顔のお母様。

ダッセルはマチルダたちが来るまで図書室内を見たいと探検に行ってしまった。

「お父様。家を出る時から、同じことを言っていますよ。フフッ」

「本当に綺麗だよ〜。どうしてこんなことになってしまったんだ。うぅ……エスメローラ。私の可愛い娘よ！」

お父様が勢い余って抱きつこうとするので、お母様がお父様の襟を掴んで阻止してくれた。

「ドレスが乱れます。晴れの日を台なしにしたいんですか？」

「うぅ……すまん」

可愛くてしょうがないお父様。

仕事の時は厳格な雰囲気を保てるのに、家族の前だと可愛い人になってしまう。

「パーティー終わりの準備は問題ないの？」

「はい。必要なものはマチルダに預けていますから」

「そう……。物静かで少しおっちょこちょいだった子が立派になったわ」

「今後迷惑をかけるかもしれないのが……申し訳ないです」

「大丈夫よ。家族の前だと甘えてしまうこの人も、家族を守るためなら冷酷な貴族の仮面を被ることだってあるのだから。こちらのことは心配しないで、あなたはあなたの思うように生きなさい」

「はい……。お母様。愛しています」

お父様の涙が伝染したのか私も泣いてしまいそうだ。

「今は泣いたらダメよ。パーティーの時、酷い顔になっちゃうわ。ほら、しっかりしなさい。背筋を伸ばして深呼吸」

お母様に諭され私は深呼吸をした。息を吐くことで泣き出しそうな感傷は薄れていく。

「エスメローラ」

個室のドアが開き、マチルダとサラが入室した。

「ごめんなさい、待たせてしまったわね」

「そんな。私こそマチルダにすべて任せてしまったわ」

「問題ないわ。それに、わたくしが動いたほうが手っ取り早かったし、むしろ任せてもらえてよかったわ。それより想像以上に似合ってるわ。素敵よ」

「マチルダこそ。水の妖精のようよ」

「あら。それなら、エスメローラは夜の……いえ、月の妖精ね」

二人で盛り上がっているとサラが「殿下」と声をかけた。

「ふふっ。ごめんなさい。ついエスメローラに目が行ってしまったわ。マルマーダ伯爵。手紙で挨拶はしたけど直接会うのははじめてね。マチルダ・イエルゴートよ」

気安い雰囲気は消え、マチルダは王族の風格を醸し出した。

「お会いできて光栄です、殿下。私はゼハル・マルマーダ。こちらは妻のシャンリーでございます」

「王女殿下。お会いできて光栄です」

「えぇ。二人共頭を上げて。今日は卒業パーティー。学生でいられる最後の日ですからね。堅苦しい挨拶はここまでにしましょう」

「お気遣い痛み入ります」

そのあと、両親は何度も「エスメローラをよろしくお願いします」とマチルダとサラに告げていた。

お父様、お母様。愛しています。

遠く離れた地に行ったとしても、私は二人の娘です。

◇◇◇

「お兄様。顔が怖い」

「これが普通だ」

開場の出入り口でイエルゴート王国の王太子レオン殿下と合流した。

レオン・イエルゴート様。今年で二十五歳と聞いた。

マチルダと同じような黒目で、美しい長い黒髪を緩く編んでまとめている。光沢のある濃い緑の正装にはいくつもの勲章が飾られている。

容姿はすごく整っている。いや、整いすぎて怖い。身長も高く、体格もよいので、真っ正面に立つと熊に睨《にら》まれているように感じる。表情も無表情なので……正直、怖い。

「エスメローラ。レオン殿下に敵意はない。むしろ戸惑って顔が怖くなっているだけだから、必要以上に怖がらなくていい」

隣で私をエスコートしているサラに心配されてしまった。

黒の軍服のような正装を美しく着こなしている。装飾品も金にまとめているので隣に立つと私のドレスとよく合う。

凛々しくて美しい……

いけない扉を開きそうになったわ。

「マルマーダ嬢。私は君と親しくなりたいと思っている。ワガママなマチルダと信頼関係を築き、自分の侍女にしてもよいと言わせた同年代の人物は君がはじめてだ」

「そうなのですか？」

マチルダは気さくな人だ。国に帰ればたくさんの侍女が控えていると思っていた。

「こいつが側に置いたのは、年老いた乳母とそこのアルデバイン公爵家の人間だけだ」

サラをチラッと見た。

「王女殿下がオルトハット王国に留学した一年間だけ、侍女兼護衛としてお仕えしただけだ。イエルゴート王国に戻れば私が殿下のお世話をすることはない」

そうなんだ……。三人でいられると思っていたので残念に思った。

「マチルダは昔から難儀なやつでな、調子を合わせてくる女やおべっかを使う女が大嫌いなんだ。あと、メソメソ泣いて何もしないやつとか、男に対して突然媚《こび》を売り出すやつ。あと、腹の中が見えない野心的なやつとか」

「お兄様！　もう、その話はいいでしょう。わたくしはエスメローラを気に入っていますの。彼女とならずっと語らっていられますもの」

「なんと！　……マルマーダ嬢。マチルダをよろしく頼む。どうか見捨てないでやってくれ」

レオン殿下に手を掴まれ、まるでマチルダを私に嫁に出すような勢いでお願いされた。

バシッ！

サラの張り手がレオン殿下の頭に直撃した。かなりいい音がしたが痛みはないようだ。

「ほら、遊んでないで。そろそろ開場よ」

マチルダが声をかけてくるとすぐに外で花火が上がる音がした。

卒業パーティーの開始だ。

◇◇◇

卒業パーティーは、ヘンリー王太子殿下の挨拶からはじまった。

そして、波乱の展開が幕を開けた。

「デリカ公爵、並びにデリカ嬢。国家転覆を企てた反逆罪で逮捕する！」

そうヘンリー王太子殿下が壇上で宣言すると、ブラントや見覚えのある令息たちがデリカ公爵家の悪事の証拠を次々と公開し、二人を断罪した。

違法人身売買。違法賭博。禁止魔獣の売買。違法薬物の栽培・生成・販売。

どれだけ罪状があるんだ……

証拠を突きつけられ、デリカ嬢やその家族、手足となって動いていたトリシャル伯爵家、ルルードル伯爵家など悪事に加担した人々は、会場になだれ込んできた近衛騎士たちに拘束され、連行されていった。

「騒がせて申し訳なかった。皆は引き続き卒業パーティーを楽しんでくれ」

騒動のあと、ヘンリー王太子殿下とブラント、側近たちは会場を出ていった。

一瞬ブラントと目が合ったが、サラを見て安堵した顔をしたのがなんだかイラッとした。

会場は一時騒然としたが、ダンスの曲が流れると率先して踊り出す人たちがいた。やがて、会場は落ち着いていったのだった。

私は、飲みものや食べものが置かれたエリアで成り行きを見ていたが、マチルダやサラ、レオン殿下は立食パーティーを楽しんでいた。

他国のことだから、見る価値がなかったのかしら……

「茶番ね」

一人思案しているとマチルダがボソリと言った。

「わざわざ卒業パーティーでことを起こしたのは、王太子としての力量を示すためね。派閥争いしている側妃様へ宣戦布告と活動収入源の断絶ってとこ」

デリカ公爵家は中立派だと思っていたが、どうやら隠れた側妃派だったようだ。

「もうすぐ側妃様の出産でしょ。自身が産む子を男児にするために人身売買をしてたのよ」

「え？　どういうこと？」

「生まれた子が女児だったら男児にすり替えるのよ」

「え⁉」

「おおかた、髪色と瞳の色が陛下に似ている女と男を何組か準備して同時期に身籠らせる。出産時は女を控え室にでも監禁して、万が一側妃様が女児を産んだらその場ですり替えるのよ」

「いや……さすがにそれは……。出産の時にタイミングよく代わりの子が産まれるとは……」

「大丈夫よ。妊婦の腹を裂いて赤子を取り出せばいいんだから」

「ひっ！」

妊婦の腹を裂く⁉　マチルダ、なんでもないような顔をしているけど、残酷でしょ。

王族……怖い……

「いや、普通の神経をしてたらやらないわよ。不道徳だし、バレたら即処刑でしょ。要するに、側妃様はイカれてるってこと。さっきの罪状も聞いたでしょ。どれだけのことをやってるのやら……」

確かにイカれてるわ……。側妃様は野心家と聞いたことがあったが、権力を得るために子供の命を利用するなんて酷すぎる。

「腹黒ヘンリーの作戦はきっとこうね。デリカ公爵家を家宅捜査して、側妃様が関与している証拠を探すでしょう。おそらく国王陛下と同じ髪色や瞳の色を持っている男女がどこかに監禁されているはずよ。もっといえば妊婦が大勢いるでしょうね。だけどヘンリーが欲しいのは陛下と同じ髪色と瞳の色を持っている男性ね。その男性が見つかれば、側妃様のお腹の子は国王陛下の子だって主張も怪しくなるわ」

「えぇ⁉」

「もともと怪しいって噂があったのよ。国王陛下は、側妃様との初夜の記憶がないそうよ。深酒してたからってことになっているけど、どうかしらね。何はともあれこれは王室の醜聞。そもそもの発端は国王陛下の浮気と危機管理能力の低さ。一国の王にあるまじき失態として糾弾して、ヘンリーは国王陛下に退位を迫るわね。父親を押し退けて自分が国王の座に就くつもりでしょう。まぁ、現国王陛下は愚鈍な王と諸外国では侮られ気味だから、オルトハット王国にしてみればいいことかもね。ただ、ヘンリーって人の気持ちに疎いっていうか、全部『駒』として見ているから多少の犠牲は見すごすのよ。自分の利益が最大限に引き上がるまで、味方がどれだけ血を流そうがお構いなし。本当、嫌い」

マチルダはヘンリー王太子殿下の話になると、自身のお皿に載せているステーキにフォークを何度も突き刺した。

「殿下。食べものを粗末にしてはいけません」

「あっ、ごめんなさい。つい」

サラに注意され、マチルダはボロボロになったステーキを口に放り込んだ。

◇◇◇

卒業生たちが思い思いにダンスをする。

私もその中で今夜のパートナーのサラと踊り、色違いのお揃いドレスのマチルダと踊り、涙をこらえるお父様とダンスを楽しんだ。

もうそろそろパーティーも終わる。

ダンスで疲れた私は一人バルコニーでジュースを飲みながら休憩していた。

月が綺麗だ。

この夜空はどこで見上げても同じように綺麗なんだろうか……

「エスメローラ」

きっと、来ると思った。ブラントだ。

「探したよ」

「何かご用意ですか？　エヴァンス公子様」

もう彼の手は私に届かない。準備はすべて終わったのだ。

会わないで終らせることもできたが、やっぱり最後はけじめをつけたい。有耶無耶なまま新天地に行きたくないもの。

「ブラントと呼んでくれないのか？」

「私たちはもうそんな間柄ではないでしょう？」

「今朝届いた婚約破棄の書類のことを言っているのか？　それなら正式に却下されたよ。王室直々の命令でね」

今朝、マルマーダ伯爵家はエヴァンス公爵家と王宮に婚約破棄の書類を提出した。

学院内で飛び交ったデリカ嬢との噂。私が目撃したキスの証言。城下町でデリカ嬢と宝石店でデートしていたという店主の証言。ブラントが購入した宝石の領収書の控え。

これらも婚約破棄の書類と共に提出した。

期待はしていなかったが、事実確認も裏づけ調査もされずに、一方的かつ即座に却下されたと、王宮に書類を持っていったお父様が言っていたわ。

こちらの言い分は何も聞かず『誤解があるので後日両家を王宮に招待する』と言われたらしい。さらに『エスメローラ・マルマーダ伯爵令嬢の出国を禁止する』という命令まで出されたそうだ。

「どんな手を使ってでも君を逃がさないよ」

「……なぜ私なんですか？　美しく高貴な女性はたくさんいるわ。それこそあなたを盲信する女性なんて、あなたが微笑めばすぐに作れるでしょ」

「作るなんて、辛辣だね」

「……」

私はじっと彼の瞳を見た。軽薄な笑顔が消えた。

「君が好きだよ。好き。なんで好きかって聞かれても困るよ。瞳が好き、髪が好き、細い指が好き、小さな唇も好き、少し小柄な姿も好き、よく笑う顔が好き、僕を見ると優しく笑うのが好き。全部こじつけのように感じるな……。言葉で表せないよ。ただ、君がいいんだ。君じゃなきゃ嫌なんだ」

彼はゆっくりと私に近づき、髪を一房取ると唇に押し当てた。

「好きだ、エスメローラ」

熱をはらんだ瞳で見つめられるが、私の中にあるのは無だった。

「君にも、伯爵家にも何も言わなかったことは謝る。申し訳なかった。事前に一言『ある方から命令されて、調査や諜報のため不名誉な噂が流れるが、僕が愛しているのはエスメローラただ一人だ。信じて待っててほしい』と伝えておけば、君との仲も拗《こじ》れなかったな」

「きっと……結果は同じでしたよ」

冷めた目で彼を見た。

「あの日、デリカ嬢とキスしているあなたの目はギラギラしていた。彼女の唇を堪能しているように見えました」

私の無感情の声になのか、それとも発した言葉になのか、彼は動揺したようだ。

彼の手から髪がすべり落ちる。それは、私との縁を手放したように思えた。

「そ……それは、仕事だったんだ。彼女のポケットにある手紙がどうしても必要で……スカートのポケットを探るために、意識を別に向かせる他なかったんだ。放課後だったたし、チャンスはあの時しか……」

「そうですか……。でも、興奮してましたよね」

「っ！　……してない」

「そうですか。ポケットの手紙を取るのに、女性の胸を触る必要はありませんでしたよね」

彼は視線を逸らした。

「仕事と言いつつ、女性との火遊びが楽しかったのでしょう。恋愛小説ですと年頃の男性は刺激的な好奇心に弱いと描写されていますし、男性の性《さが》ってことなのでしょう。別に責めておりません。人間の本能というものでしょう」

「責めているじゃないか……」

「ふふっ。おかしなことをおっしゃいますね。あなたに何も求めてないのに、責めるなど無意味ではないですか。私はただ、お別れの挨拶をしたいだけです」

「お別れ？　ははっ。残念だね。君はこの国から出られないよ。関所にも港にも通達済みだ。イエルゴート王国に行こうとしているのだろうが、無駄だ」

勝ち誇ったような彼が滑稽に思える。

「エスメローラ。君は俺と結婚するしかない。駄々をこねるならすぐにでも結婚式を上げても構わない。そうだ、このままエヴァンス公爵家に連れて帰ろうか。挙式はあとでゆっくりと準備して、先に既成事実を――」

「エヴァンス公子様」

私は彼の言葉を遮《さえぎ》った。彼の妄想に付き合うつもりはない。

「私たちがはじめて会ったのは、エヴァンス公爵家の花が咲き乱れる庭でしたね。お互い両親に連れられ紹介された。あなたに微笑まれて、私の心臓は早鐘のように高鳴ったわ」

「……僕だって同じだよ。君はとても愛らしくて、触ると消えちゃうんじゃないかと思った」

「両家でピクニックに行った時、私のお気に入りの帽子が飛んでいってしまいましたね」

「あぁ、君が泣きやまなくて困ったな」

彼は懐かしそうに話す。

だが、この話は楽しい思い出ではない。

「『なくなったものは仕方ないだろ。たかが帽子じゃないか、同じものは店で探せば見つかるさ。だから泣きやめよ』だったかしら。あなたに嫌われたくなくて、私、無理して笑ったのよね。あなた、私が笑ったことに満足そうな顔をしてた」

「……」

「たかが帽子、同じものは店で売っている……。あなたの言う通りよ。店で売っている単なる帽子よ。でも、誕生日に両親と選んだ楽しい思い出の詰まった帽子だった。あなたは、ものに込められた思い出にも、私の気持ちにも、寄り添うことはない。……そんな人なのよ。私がどう思うかなんて、あなたにはどうでもいいこと。私は下位の伯爵家の娘。どんな扱いをされても逆らえない。あなたが他の女性と遊んでも文句も言えなかったでしょうね」

「僕が浮気すると言いたいのか」

「えぇ」

「違う！　僕にはエスメローラだけだ。今回のことは王太子殿下直々の依頼で、成功すれば僕を側近にしてくれる約束だった。そうなればエヴァンス公爵家は安泰だ。君との将来のために僕は頑張ったんだ。……たかが一度のキスで、そんなに僕を責めるなよ」

「また、『たかが』ですね」

心の温度はどれだけ下がるのだろうか。

本当、笑える。

「たかがキス……。フフフッ。エヴァンス公子様。私が他の殿方とキスをしてもあなたは許してくれるのね？　舌を絡ませ、お互いの吐息を飲み干すくらい、激しく、淫らに、あなたの目の前でその殿方に心を預けても、たかがキスと笑ってくれるのね」

きっと……自分は醜い顔をしているだろう。相手を傷つけたいと願う、醜悪な顔だ。

「いや……それは……」

彼は言葉を濁《にご》した。

そうよね。答えられないわよね。

「たかがキス、でしょ？」

逃がしてなんかやらない。私たちの関係の終止符を彼の手で打たせてやる。

私を愛しているとさえずりながら醜い男の性に自分が逆らえなかった。卑怯で卑劣、矮小《わいしょう》なこの男の本性を突きつけることで、その高いプライドをズタズタに引き裂いてやりたい。

愛情の反対は無関心というが、私の中には彼への憎悪が渦巻いていた。

彼を最低と罵《ののし》りながら、その彼を憎悪に引きずり込もうとする私も同じく最低なんだろう。

この感情に身を委ねるのはこれが最後にしたい。これで最後にするから、私を解放して。

「……すまない。それはできない。そんな場面を見たら、俺は……」

「自分はいいのにずいぶん勝手ね」

「だから謝ってるだろ！」

追い詰められて、彼は言葉が荒くなった。怒っているのだ。

「それで？」

「は？」

「謝って終わりですか？」

「……償うよ。君の言うことはなんでも聞く。だから許してくれ……」

「では、婚約解消してください」

「なっ!!　そっ、それ以外でだ」

まるで子供ね……

「私はあなたと結婚する未来を捨てたいんです。それが私の願いです」

「償うと言っているじゃないか！」

「ですから私がいない未来で償ってください。私はイエルゴート王国に行きますので、二度と顔を見せないで。それがあなたの償いです」

「エスメローラ！」

彼が怒鳴《どな》った。

自分の立場が悪くなると怒鳴《どな》るなんて下劣な男。怒鳴《どな》れば私が言うことを聞くと思っているの？

「……俺に歯向かうな。お前は俺の言うことを素直に聞いていればいいんだ。婚約破棄？　傷物になれば肩身の狭い思いをするぞ。領地に引っ込んだとしても必ず後悔する。いや後悔させてやる。

俺と別れればエスメローラ・マルマーダは死ぬんだ。貴族令嬢として死んでしまう。そうはなりたくないだろ！」

彼は……私に何を求めているのだろう。

素直で従順な、彼の愛さえあれば生きていける、頭が花畑の女性を求めているのなら、私にこだわる必要はない。そうでしょ？

「貴族令嬢として死ぬから可哀想な私を引き取ってやる。その代わり、頭を空にしてただあなたに従う人形であれと、そう言いたいのですか？」

「歪曲した解釈をするな。お前は俺の言葉をそのまま受け取っていればいいんだ」

「従順な女性をお求めなら私を捨てて他を当たってください。あなたならすぐにでも希望のご令嬢が現れますわ」

もう、話すことはない。

けじめをつけたいと思っていたが結局時間の無駄だった。思い残すことはない。

「ブラント」

バルコニーに男性が現れた。ヘンリー王太子殿下だった。

「あっ、すまない。取り込み中だったか」

「いえ、いかがなさいましたか」

「デリカ嬢の件でお前に確認したいことがあるんだ。悪いが来れるか」

「もちろんです。エスメローラ、また今度話そう」

「すまないな、マルマーダ嬢」

「いえお気遣いなく。さようなら、エヴァンス公子様」

ヘンリー王太子殿下は少し不思議そうな顔をしたが、ブラントを連れて会場に戻っていった。

ブラントの顔に安堵した表情が見受けられた。きっとこのまま話していても私を説得するだけの材料が思いつかなかったから問題を先伸ばしにできたと思ったように見えた。

今、この時が、最後と知らずに……

◇◇◇

私は今、イエルゴート王国行きの船に乗っている。昨晩のパーティーが終わり、私はマチルダと共に馬車に乗り、そのまま港に向かった。船は早朝に出発するので、港の簡易宿で身なりを整え、軽く仮眠を取ってマチルダたちと船に乗り込んだのだ。

「エスメローラ」

サラだ。私は甲板に出て風に当たっていた。

「寒くないか？　船酔いはしてないか？」

サラはブランケットを私に羽織らせた。

寒いとは感じていなかったが、ブランケットを羽織ると心地よい暖かさがあった。

「えぇ、大丈夫よ。お義姉様」

私はサラ――いえ、サラお義姉様に微笑みかけた。

エスメローラ・マルマーダ伯爵令嬢であった私はオルトハット王国の貴族籍を抜け、新たにイエルゴート王国の貴族、アルデバイン公爵家の養女となった。

卒業パーティーの直前にマチルダがオルトハット王国の国王陛下に直々に交渉し、その場で承諾させたと聞いた。

また、卒業パーティーを楽しみたいから、公にするのは翌日にするよう話をつけたらしい。

何を交渉材料にしたのかは知らないが、ヘンリー王太子殿下と側妃様の件に関わることのようだ。

『ヘンリーが悔しがる顔が目に浮かぶわ！』

悪役の笑顔だったな……

マルマーダ伯爵家から抜けたら、表だって両親をお母様とお父様と呼ぶことはできなくなるし、可愛い弟ダッセルにも姉として接することはできなくなる。

そして、ブラントとの婚約は、相手が存在しない扱いになるので自動的に白紙に戻る。

出国禁止令が出されていたが、私はマルマーダ伯爵令嬢ではなくイエルゴート王国のアルデバイン公爵令嬢となったので、咎《とが》められることなく出国できた。

仮にオルトハット王国で何か罪を犯した場合は、他国の貴族であっても出国禁止令に抵触する。

だが私は罪を犯したわけではないので問題はないのだ。

平凡な伯爵令嬢が、家族を、国を、捨てるなんて誰も考えなかっただろう。

そう、誰も……

◇◇◇

「なんだと‼」

俺は朝一に王宮から届いた知らせに驚いて大声を上げた。

エスメローラがオルトハット王国の貴族籍を抜け、イエルゴート王国の公爵家の養女として旅立ったというふざけた知らせだった。

「急いでマルマーダ伯爵家に使いを出せ。エスメローラの所在を確認するんだ！」

「はっ、はい！」

王宮からの知らせを持ってきた老執事に怒鳴《どな》りながら命令をした。

完全な八つ当たりだが自分を抑えられなかった。

「くそっ！」

俺は苛立ちながら身支度を整える。

急いでヘンリーに会って状況を確認しなければ！　貴族籍を抜けるにしても、他国の公爵家の養女になるにしても、一朝一夕で整う話ではない。それに承認されるには王族の許しが必要だ。

もしもヘンリーが俺を裏切っていたのならただでは済まさない！

支度もそこそこでヘンリーの執務室に俺はやってきた。

「ヘンリー！」

中に入って驚いた。

ヘンリーは執務机で頭を抱え、仕事仲間のテッドやルーカスが青白い顔で部屋にいたのだ。

「ブラント……。お前もか？」

ルーカスが青白い顔で聞いてきた。嫌な予感がするが、何があったんだ……

「俺……婚約破棄になるかも」

ルーカスが力ない声で言った。

「勘当される……」

テッドも答えた。

「ヘンリー……どうなってるんだ」

「……マチルダにやられた」

「はぁ？」

ヘンリーはポツリポツリと語った。

卒業パーティー直前に、イエルゴート王国のマチルダ王女殿下が秘密裏に陛下に謁見したらしい。

その時に、エスメローラ・マルマーダ伯爵令嬢をオルトハット王国の貴族籍から抜き、イエルゴート王国のアルデバイン公爵家の養女にすることを求め、その見返りとして卒業パーティーで起こる断罪劇の詳細を伝えていたそうだ。

ヘンリーが側妃の悪事と絡めて国王陛下を退位まで追い込むことも、見透かされていた。

「これだ……」

おもむろにヘンリーが執務机に二個の水晶玉と書類を出した。

そこには、あの中庭で女子生徒と淫らなおこないをする男子生徒が映し出されていた。

「ルーカス……」

「あの時は、魔が差したんだ……。決してナンシーから心移りしたわけではないんだ！　ただ！　……ただ、魔が差した。もちろん本番はしてない！」

「やめろ、耳が腐る」

ヘンリーが底冷えするような声で制止した。

テッドの映像はカジノで羽目を外す姿が映し出されていた。

書類には俺やルーカス、テッド、他の側近二名の行為が書かれていた。

違法カジノでイカサマをして、一般客をおもしろ半分で破滅させたことや、違法競売で美しい女性を競り落として、人権侵害も甚だしいおぞましい所業などが目についた。

まさかこんなことを……

ヘンリーに目を向けると首を横に振った。どうやらヘンリーも知らなかったようだ。

「側妃は処刑が決まった。腹の子供は父上の子ではないと自白したらしい……。本来なら父上には退位してもらうはずだったが、側妃の悪事を探る際の捜査方法が問題だと指摘された。婚約者がいる青年に色仕掛けで情報を集めさせたこと、潜入捜査なのに貴族の品位を貶《おとし》めるような野蛮な行動をさせたことなど……やり方が下劣で卑劣で、上に立つ者として情緒的情操教育が欠落しているので、一般的倫理観が得られるまで王太子権限を凍結すると通達された。ルーカス、テッド、他のヤツも素行が悪いと家に対して通達された。二人の家にはこの証拠映像が一緒に送られたそうだ。……はぁ、みんなの行動を全部把握できてなかった俺の落ち度だ。参ったよ」

この国の王太子が自分の後ろ盾になっているからと、気が大きくなっていたんだろう。

本来の目的、政敵の側妃様は排除に成功した、が陛下の退位まで持ち込むことはできず、逆にやり方を指摘されてこちらを押さえ込まれた。ルーカスにテッド、他の側近も家に知られ、立場を危うくしているということか……

「みんな崖っぷちだな。ブラントはどうなんだ？　婚約者はお前にベタ惚れなんだろ？　早く引き留めに行かないと愛想尽かされるんじゃないか？」

ルーカスが言った。

「……エスメローラは国を出た」

「は？」

「もう、船に乗って国を出た。そうだよな、ヘンリー」

ヘンリーは視線を合わせない。

『出国禁止令を出せばどこにも逃げられない。安心しろブラント』

昨日のヘンリーのあっけらかんとした笑顔が今は恨めしく思う。

まさか、家族を捨てるなんて思わなかった。

「それって……」

テッドが青い顔をしている。

「そうだよ……。エスメローラに……捨てられた」

「おいおい、マジかよ！」

全員の視線がヘンリーに集まった。

「……ククク……本当、マチルダにやられたな」

もしも空気を見ることができたなら、ヘンリーのまとう空気の色はどす黒い赤い炎なんだろうな。

「いいじゃないか。その挑戦、受けて立ってやる！」

「なんか、変なスイッチ入ったな」

テッドがポツリと言った。

「ヘンリーの初恋はマチルダ王女なんだろ」

ルーカスも会話に加わった。

「あぁ、近隣諸国の王が一同に集まる世界会議で知り合って一目惚れしたらしい」


八年前のこと。陛下の護衛として世界会議が開かれたイエルゴート王国に同行していた父上から、なんとなく話は聞いていた。

当時十歳のマチルダ王女に一目惚れしたヘンリーだったが、素直に話しかけることができず、演技臭い笑顔を嫌われたらしい。

しかも、ひねくれヘンリーは王女と接点を持ちたいからと彼女が大切にしていたウサギの人形を従者に命じて隠したそうだ。

人形がないことに泣き出すマチルダ王女に『一緒に探す』と提案し、一時は仲よくなることに成功したと聞いた。

しかし、城の者が人形を隠した従者を目撃していたためヘンリーの自作自演が発覚した。言い逃れするために従者が勝手にやったと全責任を擦りつけたが、自分の保身のために下の者を犠牲にする精神が許せないとマチルダ王女にとことん嫌われたそうだ。

偽りであったとしても仲よく過ごした時間に見たマチルダ王女の笑顔が忘れられなかったらしく、ヘンリーはイエルゴート王国に婚約の打診をした。

案の定、ずっと断られている。

しかし諦めきれないヘンリーは早急に王位を譲り受け、イエルゴート王国が無視できない立場と魅力的な交渉を用いて、マチルダ王女を娶《めと》ろうと策を講じていた。

イエルゴート王国は雨が多く気温が安定しない土地だ。

日照時間が長くないと育たない薬草は、もっぱら輸入に頼っていると聞く。ヘンリーはその薬草畑を増築し、イエルゴート王国に安値で提供することを条件にマチルダ王女との婚姻を引き出そうとしていたのだ。

今回の王太子権限凍結は、ヘンリーの計画に壊滅的な打撃を与えることとなった。

「ここまではしたくなかったんだが……父上を嵌《は》めて、王位を奪うぞ。みんな力を貸してくれ。ルーカス、テッド。お前たちの家には俺が直接行って事情を話す。悪いようにはしないから安心してくれ。ただ、ルーカスはたぶん誰かに殴られると思うからそれは覚悟しておいてくれ。さすがにあれは貴族として品位を疑うレベルだ」

「あぁ、わかった。……すまない」

「ブラント。彼女はマチルダの侍女になるためにイエルゴート王国に行ったと考えている。マチルダを娶《めと》ればマルマーダ嬢も一緒に来るはずだ。いや、来させてみせる。だからもう一度力を貸してくれ」

ヘンリーは真っ直ぐな瞳でこちらを見た。決意を固めた男の目だ。

「……わかった」

エスメローラを取り戻すのに他の手立てが思いつかない。それなら、可能性のあるヘンリーの策に乗るしかないと、俺は提案を承諾した。

「一年だ。一年以内に王位を引き継ぎ、マチルダにオルトハット王国の地を踏ませてやる」

第八話　新天地で

イエルゴート王国に来て、約一年が経った。私はマチルダの側で毎日忙しく働いている。

「エスメローラ。あの物語のラスト、都合がよすぎると思うのよ！」

「いいえ、だからこそ運命を感じさせる構成になってると思うわ。第十二章にそれっぽい伏線が潜んでたわよ」

「えぇ！　あれはそのあとに回収したじゃない」

「それもラストに繋がって――」

主と侍女という関係だが、マチルダの部屋ではその仮面を取って学院時代のように仲よくしている。

職場となった王宮でも、とくに意地悪されることもなく平和な日常を送っている。

あのままオルトハット王国でうじうじしていなくて本当によかったと、心から思う。

「エスメローラ。そろそろ交代の時間ですよ」

スーザン様だ。

スーザン・コルトニア子爵夫人。噂では六十近い年齢らしいが、美しく、四十代くらいに見える。

王子王女の教育係で、乳母をされていた方だ。とても厳格な方に見えるが、可愛いものにめっぽう弱く、可愛いものの前だと顔が緩まないように、鬼のような顔になってしまう。

私がはじめてお会いした時もすごい顔だったので、『ぽっと出の令嬢に腹を立てている』のだと思って肝を冷やした。

隣のマチルダは大爆笑していて、困惑したな……

「あぁ、もうそんな時間？」

「遅れるとサイラス様が来ますよ」

「……はいはい。あいつはお小言が長いし、義妹を大切にしているのよね」

マチルダが意味ありげな視線を受け、私は目を逸らした。

「まだまだ、前途多難ね」

「出会いが出会いでしたからね」

スーザン様とマチルダの冷やかすような視線が痛い。

「さっ、エスメローラは帰りの支度をしなさい」

「はい、スーザン様」

「エスメローラ。また明日ね」

「はい、マチルダ王女殿下。御前を失礼いたします」

マチルダに挨拶後退出し、近くに設けられた私の執務室に向かった。

業務日報の記入や、明日のスケジュールの確認をして……

あっ。マチルダに頼まれた資料をまとめなきゃ。急ぎじゃないからゆっくりでいいとは言われているけど、家に持ち帰ろう。

執務室の扉を開けるとすでに人がいた。男性だ。

「サイラスお義兄様」

「お疲れ様」

長い黒髪を後ろで一つにまとめる姿も、金色の瞳も変わらず素敵なのに、その人はイエルゴート王国に帰ってきた時に元の姿に戻ってしまった。

サイラス・アルデバイン公爵令息様。

オルトハット王国では、サラ・アルデバイン公爵令嬢として振る舞っていた方だ。

同じ年だと思っていたのに、本当は私より五歳年上だった。

詳しいことは教えられてないが、王家に伝わる秘密魔道具で性別を偽っていたらしい……

すべてはマチルダ王女殿下を守るために、女性に変身してオルトハット王国についてきたと説明されたわ。

一年経っても慣れない……

「仕事は片づいているか？　一緒に帰ろう」

「あっ……まだ業務日報を書いていません。明日のスケジュール確認もしたいです」

「そうか。それならさほど時間もかからないだろう。待っているよ」

「はい、わかりました」

優しい笑顔は変わらない。気遣いもあの時のままなのに、少し居心地が悪く感じる時がある。

彼のせいではない。

私の問題だ……

十一年、私には婚約者がいたのだ。

男性とはほとんど関わってこなかった。

クラスメイトの男性とも、必要な時しか話したことはなかった。

卒業間際は別としてだが……

要するに、男性への免疫がないのだ。

また、書類上では彼の『妹』になるが、アルデバイン公爵家の人々からは違った目で見られている。

サイラスお義兄様は、『彼女はマチルダ王女殿下の侍女になるためにイエルゴート王国に来たんだ。変な詮索をしないように』と屋敷の人に話していたが、あまり効果はないと思われる。

サイラスお義兄様の本当の妹、十三歳のロクサーヌちゃんも『お兄様が女性に親切にするなんてはじめてですよ！　エスメローラお義姉様は特別です！　言っておきますが、私がお城にお兄様を訪ねても帰りは部下の人に送らせるだけで、自分と一緒に帰ろうなんて聞いたことないですよ』と興奮気味に話してくれた。

彼は仕事が終わる頃、大抵迎えに来てくれる。

もしもご自身で来られない時は、アルデバイン公爵家の私兵の方を迎えに寄越してくれた。

『過保護』と、マチルダやスーザン様、同僚の人に言われる。同僚と言っても侍女の下位であるメイドの女の子たちだ。みんないい子で助かっている。

中には不謹慎な子や序列がわかってない幼稚な子など、問題行動があった子もいたが、マチルダがすぐに叩き出していた。

文字通り、肉体的な時もあったな……

オルトハット王国にいる両親やダッセルとは、時々手紙のやり取りをしている。

ブラントが実家を盾にして、私に帰ってくるように脅迫してくるかと心配はしたが、今のところそういった強行手段には及んでいないらしい。

むしろ、エヴァンス公爵閣下から慰謝料を支払われたと拍子抜けだった。

大人しすぎるブラントに違和感はあるが、家族に被害が出てないことに安堵するだけだ。

なんだかんだと、話題に事欠かない一年だった。


私は業務日報を手早く書き、明日のスケジュールを確認した。

サイラスお義兄様は執務室にある二人がけのソファーに座り、ご自身で持ってきた本を見ている。

本を読む姿がサラによく似ている。

いや、本人なのだから当たり前なのだけど、あの半年間を共に過ごした師匠であり、友人であり、憧れの人は、もういないのだと思ってしまう。

それが……少し寂しい……

◇◇◇

「案外早かったわよね」

「そうね」

マチルダの部屋の二人がけのソファーで私たちは新聞を読んでいた。

『オルトハット王国新国王誕生』

「本当、しつこい男」

「一年で王位を取得しましたね。一時期王太子権限を凍結されたって聞いてたけど」

「そこからの巻きかえしが酷かったわね」

マチルダの情報では私たちがイエルゴートに出発したあと、ヘンリー王太子殿下は権限を凍結され、彼の側近たちのほとんどが自宅謹慎や領地に強制的に戻されたそうだ。

どうでもいいことだがブラントも自宅謹慎していたらしい。

彼らの中には廃嫡になったり、婚約者から婚約破棄を突きつけられてしまったりした人もいたらしい。

また王太子が廃嫡になるという噂も飛び交ったが、ヘンリー王太子はそれを見事にひっくりかえしたのだ。

側妃の悪行を事細かく調べあげ、その不当利益の一部が、王が愛用していた保養地を維持するために使用されていたことを突き止めた。

またさらなる調査により、生涯王妃一人を愛すると宣言していたのに、お手付きのメイドが十数名いることが発覚。中には妊娠、堕胎を強いられたメイドもいたそうだ。

もちろん、王は知らない、記憶にないとシラを切る。

さらに調査範囲を広げると、今度は違法カジノに関わっていた証拠が出てきた。

王は自分の悪行を暴かれないよう、真実を調べていたヘンリー王太子を排除するために権限を凍結したのだと被害者ぶって、世論を味方につけたそうだ。

王妃や仕えていた貴族からの信頼を失った王は失脚し、『王の悪事を明るみにした功績』でヘンリー王太子が王に即位した。そのあと、前王は静かな離宮に一人で暮らしているそうだ。

「証拠はでっち上げでしょうね」

「え⁉」

「ただ、側妃から甘い言葉で報告を受けてたんじゃないかしら。『横領』『違法カジノ』なんて名前は出さず、『書類を整理してたらお小遣いが手に入った』とか『楽しいゲームをしたらお小遣いが入った』とか。黙認してたってところでしょ。その辺をうま〜く報告書をでっち上げて、言い逃れできないように囲い込んだって感じでしょ。お手付きのメイドが妊娠？　堕胎？　どこまでが真実やら。ヘンリーも親に対してえげつないことをするわよね。本当、嫌い」

ヘンリー王のことを話す時、マチルダは心底嫌そうな顔をする。二人に何があったかは教えてもらっていないが、よほど嫌なことをされたんだろう。

また、城勤めしてわかったが、ヘンリー王は何度もマチルダに婚約の打診をしているそうだ。何度断ってもしつこく求婚してくるのが嫌いな理由の一つだろう。

そういえば、ブラントがドレスを持ってきたことによる騒動で、ヘンリー王が私を助けたのもマチルダへの点数稼ぎだったのかもしれない。

「どうするの？」

「ん？」

「ヘンリー王からの求婚。王太子の時は何かと理由をつけて話を断っていたらしいけど、さすがに一国の王からの求婚だと適当な理由がないいんじゃない？　お互い学院を卒業したから成人と認められてるし」

マチルダは行儀悪く、私の膝を枕にソファーに寝そべった。

「そうなのよね……」

珍しく悩んでいるように見える。

「王族だから、国のために嫌いなやつの嫁に行くことなんてありふれた話よ。でも嫌だからと責務を放棄するのはわたくしの矜持《きょうじ》が許さない。……虚しく思ってしまうわ。わたくしは、こんなことがしたいわけじゃないって……叫びだしたい気持ち」

「マチルダは何がしたいの？」

◇◇◇

ヘンリー王が王位を継承してから、さらに一年経った。すぐにでもマチルダに求婚してくるかと思われたヘンリー王だったが、いまだにその行動はしてこない。

時々花束が贈られてくるが……

花束といえばブラントからも私宛に届く。

マチルダとも話すが、花束は卑怯だ。

いらないと送りかえせば、花は枯れて無惨な姿になって相手に届くことになる。

そうなれば花が可哀想だ。花に罪はない。

結局、受け取らざるを得ないのだ。

『本当、姑息！　嫌い』と、マチルダは言っていた。

だから私たちがもらった花束は、事情を全部話してそれでももらってくれる使用人に配っている。

お礼状は執事長が書いて送ってくれている。丁寧な嫌味が書かれた手紙だろうと想像がつく。

マチルダの話では、ヘンリー王は国内を安定させるために奮闘しているらしい。学院の時に側近をしていた人たちと揉めている、なんて噂もある。

今は婚約の打診どころではないのだろう。


——コンコン。

ドアをノックする音がした。

「姫様、スーザンです。今よろしいですか？」

私は席を離れ、マチルダの後ろに立った。

「どうぞ」

マチルダの声でスーザン様が入室した。

「レオン王太子殿下から書類を預かりました」

「お兄様から？」

マチルダはスーザン様から書類を受け取った。

「あぁ、今度の建国記念祭の件でしょ。何か変更が……えっ！」

マチルダが書類を見て固まっている。

「どうかされましたか？」

「……ここ見て」

後ろから書類を覗き込むと、そこには招待客のリストがあった。そして、マチルダの指の先にあるリストの人名に驚いた。

『ヘンリー・ウィーク・オルトハット』

『ブラント・エヴァンス』

先日確認した時には記載がなかったのに……

「ついに来たわね」

「そうですね」

「お父様かお兄様と話ができる時間はあるかしら？」

「レオン王太子殿下は、一時間後に会えるとおっしゃっていました。陛下はお忙しいそうですが、夕食は共にしたいと」

スーザン様の言葉を聞いてマチルダが立ち上がった。

「わかったわ。スーザンはお兄様にお会いしたいと伝えて。エスメローラは着替えの準備とあの資料を準備しておいて」

「「かしこまりました」」

◇◇◇

スーザン様と一緒に部屋を退出し、私は衣装担当のメイドを呼びにマチルダの衣装部屋へ向かった。メイドに着替えの準備を言いつけ、次に自分の執務室へ向かった。マチルダに命令された資料を取りに行ったのだ。

部屋に入ろうとドアノブに手をかけると「エスメローラ！」と男性に声をかけられた。

「サイラスお義兄様？」

「すまない、仕事中に。今大丈夫か？」

「マチルダ様に頼まれたことがあるのでそんなに時間はありません。お急ぎですか？」

「あ……ああ……」

歯切れが悪い。何か言いにくそうにしている。

あっ。

「建国記念祭の参加者の件ですか？」

「っ！　もう聞いたのか。早いな」

「先ほどレオン王太子殿下がマチルダ様にリストを届けられました」

「さすがレオンだな」

「それが、どうかされましたか？」

「……いや、あいつも来るじゃないか」

心配して駆けつけてくれたのだとわかった。素直に嬉しいと思う。

「ありがとうございます。心配してくださったのですね」

「……大丈夫か？」

「はい。問題ありません」

「無理してないか？　……その……私にできることはあるか？」

本当に優しい人だ。

「はい、大丈夫です。私にはこんなに優しいお義兄様がいますから、何も心配していません」

笑顔で答えると、サイラスお義兄様がゆっくりと詰め寄ってきた。

「……私と結婚しないか？」

「え……」

サイラスお義兄様の言葉に驚いて、思考が停止してしまう。

「彼はまだ君を諦めていない。一番簡単で効果的な対策はエスメローラが結婚してしまうことだ。そうなれば、彼も諦めるはずだ」

「……そう……ですね」

急な提案すぎて頭が働かない。私がサイラスお義兄様と結婚？　え？

「突然の提案で戸惑ってしまうよな。すまない。……だが、冗談で言っているわけでも、同情や一時的な作戦とかでもない。私は、エスメローラが好きだ。君は一見物静かで、人に意見を言えるような人に見えない。でも、嫌なことには嫌と言える真の強い人だ。自分の意思を形にしようと行動できる力も素晴らしいと思う。そして、下心があったとしても相手と向き合い、その人の胸に飛び込む実直なところが好きだ」

いつになく真剣な視線が、声が……私に染み込んでくる。

胸が高鳴らないわけがない。でも、これが恋や愛というものなのか……

わからない……

「サイラス……お義兄様。わっ、私は……」

「エスメローラ。今は返事をしないでくれ。建国記念祭までまだ時間がある。どうか、考えてくれないか？　兄としてではなく、女として君に接していたサラではなく、男として……君と共に生きる伴侶として、私を見てくれないか」

切ない懇願に、胸が苦しいような気がする。

言葉が出てこない……

「仕事中に悪かった。……今日は屋敷の者を迎えに寄越す。私は建国記念祭の準備の間、レオンとの打ち合わせで毎日遅くなるから、家族にも伝えてくれ」

「……わかり、ました」

「よろしく、エスメローラ」

いつものサイラスお義兄様の顔をして彼は廊下を歩いていった。

私は……しばらくそこから動けなかった。

第九話　私とお義兄様

「エスメローラ？」

マチルダに声をかけられ、私ははっとした。

「どうしたの？　心ここにあらずって感じじゃない」

レオン王太子殿下とお会いするために、マチルダの後ろを歩いていたのだ。

仕事に集中しなきゃ……

「すみません、殿下」

「エヴァンス公爵家の彼のこと？」

「いえ、違います」

マチルダの問いに即答した。

「……そうみたいね。もしかして、これからのお兄様への交渉が心配？」

「いいえ。私は殿下にどこまでもついていくだけです。ご心配をおかけして申し訳ありません。その……あとでお話しします」

視線を伏せると、やれやれとマチルダは息を吐き出した。

「じゃ、集中して。この交渉で私たちの運命が決まるのだから」

「はい！」

私は資料をギュッと抱き締めた。

◇◇◇

「「はぁ～……」」

レオン王太子殿下との面会後、マチルダの部屋に戻り、二人でソファーに座り込んだ。

「疲れた……」

「すぐに紅茶を――」

「大丈夫よ。座ってて」

席を立とうとするとマチルダに制止された。

私を気遣ってくれている。

「エスメローラ、ありがとう。あなたがまとめてくれた資料が役に立ったわ」

「恋愛小説で似たような設定を読んだことがあったから、モデルになった国の歴史を調べただけよ。資料の研究報告書だって、研究員の皆が頑張った成果だもの。それに、まとめ方はサイラスお義兄様に相談したから、レオン王太子殿下に納得いただける書き方ができたのよ」

「お小言ばかりの陰険男は、仕事とお兄様の扱い方がうまいのよね。本当、憎らしいわ」

サイラスお義兄様を思い浮かべ、各々違う表情をした。マチルダは悪友を思い出すように、私は先ほどの男性としてのサイラス・アルデバイン公子様を……

「で、何があったの？」

マチルダに優しい声で問いかけられた。

「らしくないじゃない。エスメローラが仕事中にボーッとするなんて」

「うん……」

私はマチルダにサイラスお義兄様とのことを話した。

突然の告白に、結婚の申し込み。そして自分の気持ちを……

婚約を白紙にしてから約二年だ。ブラントに対して愛情はない。

うざったく花束を送りつけてくる迷惑な人。諦めの悪い人。顔も見たくない人。

終わり方は最悪だったし、学院に入った三年間は何も思い出がない。それでも十一年、あの人と一緒になると思って過ごしてきた。

幼い頃の楽しい思い出もある。

今すぐ誰かとなんて……考えられない。

むしろ一生、誰とも結婚する気はない。

グダグダ言っているが要するに怖いのだ。また傷つくのが……

たかがキス。たかが浮気。

仕事で仕方なく。

でも本当は……私に魅力がなかったからなのだろう。

華やかさが足りないし、胸だってデリカ嬢よりない、男性が色めき立つような体型じゃない。

私には真心だけだった。

ブラントを好きな気持ち、彼のワガママを受け止める心。彼が待っててと言えばずっと待っていた。

彼に嫌われたくなかった。好きでいてほしかった。

だから、寂しくても耐えた。

でも無駄だった。彼は目移りしたのだ。

華やかで、魅力的な女性に……

また目移りされたら耐えられない。

怖い。それがどうしようもなく怖いのだ……

サイラスお義兄様は誠実な人だと思う。とても優しくしてくれる。いつも気遣ってくれる。

マチルダに頼まれた資料をまとめる時も、まず私の意見を聞いてなぜそのまとめ方をするのか、読み手にどのようなことを伝えたいのか、私の話を聞いてくれた。

私の考えを聞いて、理解をして、それからレオン王太子殿下の思考の癖、興味を持っている事柄を丁寧に助言してくれた。

その上で、私がどのようにまとめたいか聞いてくれた。

自分の意見を押しつけるのではなく、私の考えを尊重してくれた。

……大好きだ。

恋愛感情かはわからないし、あえて意識しないようにして、そういう対象として見てなかった。

ただ、側にいると心が安らぐ。それが心地よい。

その関係を壊すことが……怖い。

サイラスお義兄様が、ブラントのように他の女性に目移りしてしまうかもしれない。

マチルダやサラに磨かれ外見を美しく装ったが、外見の美しさは年と共に色合いを変えていくわ。

今の私ではなくなるのよ。

その時、目移りしないと言い切れないじゃない。

あんな……身を引き裂かれるような恋はしたくない。

誰ともそんな関係にならなければ、あんな思いはしなくてすむ。

サイラスお義兄様とも、ずっと義兄妹で……

「無理よ」

マチルダの言葉が私の胸に突き刺さった。

「サイラスがエスメローラに愛を伝えた時点で、もう前の二人には戻れないわ」

マチルダにズバリと言われた。

そう……わかっているわ。サイラスお義兄様の告白を断ったとしても、彼が私をそういう目で見ているると知ってしまったからには、以前までの気安い義兄妹ではいられない。

「エスメローラの気持ちも理解できるわ。一途に相手を思っていたのに、軽い気持ちでその信頼を踏みにじられた……。怖いと思って当然よ。いくら時間が経っても嫌な思い出は消えないもの。でも、それでいいの？」

あのバカがつけた傷を大事に抱えたままで。

そう、マチルダが目で言った気がした。

「サイラスのこと、大切なんでしょ？」

「……その聞き方は意地悪よ」

「あら、じゃあ『好きなの？』って聞いたほうがよかった？」

「……」

「失いたくないから手に入れたくないのでしょうけど、でも結局失ってしまうのよ。結婚の申し込みを拒否すれば、サイラスはエスメローラ以外の女性を伴侶に迎えるわ。アルデバイン公爵家を継ぐのだから、必ずね」

不意に、サイラスお義兄様が誰かと結婚する姿が頭に浮かんだ。

教会の神父様の前で、穏やかに微笑んで、顔の見えない花嫁のベールを上げるサイラスお義兄様の横顔が胸を締めつける。

「サイラスのことが大切で好きなら、逃げずに向き合うべきよ。未来なんてわからないじゃない。サイラスが浮気するなんて考えられないけど、浮気したらその時に悩めばいいのよ。なんなら、またわたくしが攫《さら》ってあげるわ」

「マチルダ……」

「それにね、エスメローラの不安も悩みも全部サイラスに伝えなさい。一人で悩んでないで。あいつはきっと全部わかった上でエスメローラにプロポーズしたはずよ。グダグダ悩むことも含めてね」

「あ……」

『私は建国記念祭の準備の間、レオンとの打ち合わせで毎日遅くなるから、家族にも伝えてくれ』――あれはサイラスお義兄様の配慮だ。

私がグダグダ悩むのを見越して、存分に悩めるように距離を置いてくれたんだ。

「ただ、わたくしは『好きだと告白したなら相手が混乱している隙に畳みかけろ。このヘタレ！』と頭を叩いてやりたいわ。前の男のことなんか吹っ飛ぶくらい、甘やかして、甘やかして、強引に好きな気持ちを攫《さら》ってみせなさいよ」

マチルダは突然私の髪を一房取って、視線を私に固定しながら口づけた。

「エスメローラ。答えはハイかイエスしか受けつけない」

「！！！！」

「俺を選べ」

「!?」

沈黙。

「ぷっ……。エスメローラ、顔真っ赤よ」

「もっ、もっ、もう！！！」

「もう、可愛いわね！」

マチルダに抱き締められた。

「こんなに可愛いんだもの。自信を持ちなさい。今の顔を見たら誰だって好きになってしまうわ。少なくともわたくしは大好きよ。あぁ〜可愛い。独り占めしたくなるじゃない」

頭が混乱してしまっているが、とてもくすぐったい気持ちだ。

「サイラスになんてもったいないわ。わたくしが男だったらすぐにでも攫《さら》って部屋に閉じ込めて、わたくししか見えないように甘やかしてしまうのに。本当、ヘタレよね」

「まっ、マチルダ……」

「ふふっ、冗談よ。恋愛小説の情熱的な場面を演じてみたけど、楽しいわね」

「もう」

私もマチルダを抱き締めた。

彼女は優しく私の頭を撫でてくれた。

ありがとう、マチルダ。

◇◇◇

「お兄様、全然帰ってきませんね」

「そうね……」

アルデバイン公爵家で夕食を公爵夫人、ロクサーヌちゃんと食べていると、ロクサーヌちゃんがポツリと呟いた。

「建国記念祭の準備で旦那様も遅いのよ。体調を崩さないか心配だわ」

「それを言うならお兄様が心配よ。もう一ヶ月も帰ってきてないじゃない……。エスメローラお義姉様は王城でお会いになってますか？」

二人の視線が集まる。残念ながら私も会えていないので首を横に振った。

「準備で忙しいから、王太子殿下やマチルダ様にも会えてないわ。心配ですね」

避けているわけではない。避けられているかはわからないが。

城は恐ろしく忙しい。

原因は建国記念祭で重大発表をするためだ。貴族への根回しがとにかく大変なのだ。

陛下や王妃様のご助力のお陰で、マチルダ側の仕事は順調で、私はいつも通り帰宅することができている。

だが、王太子殿下側は難航しているらしく、サイラスお義兄様は帰宅することも難しいようだ。

心配だ……。

◇◇◇

眠れない……

ベッドに横になったが私は寝つけなかったため、気分転換しようと庭を散策している。

一人になりたいからと侍女や護衛は連れていない。

明日から遠方にいる貴族を訪問していく予定だ。帰ってくるのは建国記念祭直前になるかもしれない。サイラスお義兄様と話すこともできずに、建国記念祭に突入するのは、気がかりで……

いや、単純に寂しいのだ。

出会ってから、こんなに会わない日はなかった。

レオン王太子殿下には何度かお会いすることができたが、サイラスお義兄様には会えなかった。

軍部の事情をまとめているとしかわからなかった。

少し風が出てきた。

そろそろ部屋に戻らなくては……

「エスメローラ」

声に驚いて後ろを振り向くと、そこには男性が立っていた。

「サイラス……お義兄様」

「部屋に行ったらここにいると侍女が教えてくれた。……その、久しぶり」

きっと、帰ってきてすぐに私を訪ねてきてくれたのだろう。

外出着のままだった。

「サイラスお義兄様！」

はしたないと思うより先に、私はサイラスお義兄様に向かって走り寄った。

するとお義兄様が珍しく慌てている。

「わっ、嬉しいけど帰ってきたばかりで汚れているんだ。すまない、着替えてから尋ねればよかったんだが、我慢できなくて、その……」

「お義兄様、お帰りなさい」

「……ただいま」

◇◇◇

どうしよう……

まさかこんなことになるなんて……

私は今、サイラスお義兄様の部屋のソファーに座って固まっている。

冷えてきたし、サイラスお義兄様は帰ってきたばかりでお風呂にも入っていない。でも、お互い話をしたくて。

庭から近いサイラスお義兄様の部屋で話すことになったのだが、冷静に考えるとこの状況はかなり危ない。

年頃の男女が、夜、同じ部屋にいる。

だからといって、こんな夜中に侍女や護衛を呼びつけるのは申し訳ない。

書類上ではあるが私は義妹だし……

言い訳を頭の中でモンモンと考える。


「すまない、待たせた」

「いえ、大丈夫で……っ！！！」

お義兄様の姿を見て思わず顔を背けてしまった。

濡れた髪。慌てて着たのであろうはだけたシャツ。長い足にフィットする黒いズボン。

こんなに着崩した装いははじめてだし、髪が濡れているせいかとにかく色っぽい！

顔が赤くなってしまう。

固かった体がさらに固くなった。

「エスメローラ？」

お義兄様が隣に座って私の髪に触れた。

「寒くない？　暖かい飲み物を用意しようか？　それともワインのほうがいいかな？」

甘い声だ。

「だっ、大丈夫です。お気遣いなく……」

まともに顔を見られないよ……

「……会いたかった」

耳元で囁《ささや》かれる言葉がとにかく甘い。

「……ぷっ」

突然お義兄様が笑いだした。

「くっ……すまない。あんまりにも可愛いから……あははは！」

「お義兄様！」

もう、マチルダといい、お義兄様といい！　私をからかうんだから！

「すまん。こんなに意識してもらえるとは思っていなかったんだ。嬉しい誤算だよ」

「……ひどいです」

「ごめんよ」

また甘い顔で優しく笑われた。

さっきから心臓が早鐘のように高鳴って、自分でも制御できなくて困ってしまう。

「お仕事、お疲れ様です」

「ありがとう。エスメローラこそ忙しくしているって聞いている。体は大丈夫か？」

「陛下や王妃様のご助力もあるので、王都やその周囲の貴族への根回しは済みました。明日からは遠方を回り、辺境伯様にご挨拶してこちらの仕事は終わりです」

「さすがだな。そういうことはレオンよりマチルダ様のほうがお上手だ。マチルダ様のご提案は画期的だ。長年の困った案件も片づきそうで私も嬉しいよ」

「では」

「あぁ。この前のマチルダ様の助言でうまく運びそうだ。あとはレオンの男気だけだよ」

とても晴れやかな顔をされた。どうやら見通しはいいようだ。

「エスメローラ」

隣に座るお義兄様の雰囲気が変わった。

「……考えてくれた？」

「……はい。ずっと……考えてます」

次の言葉を口にするのに、勇気がいった。

「心を預けるのが……怖いです……」

部屋がとても静かだ。

「ずっと……義妹でいたかった。お義兄様が大切だから……失いたくない」

「うん」

「でももし、お義兄様が他の女性と結婚することになったら……素直に喜べない自分がいます」

「うん……」

「……私……お義兄様を……失いたくない、です」

素直に『好き』と言えればいいのに臆病な自分が嫌になる。

「ありがとう」

突然頭を撫でられた。

「エスメローラの気持ちが聞けて嬉しいよ」

お義兄様は優しく笑ってくれた。それに気持ちがぐちゃぐちゃにかき混ぜられる。

こんな自分は大嫌いだ。涙が……止まらない。

お義兄様は浮気なんてしない。誠実な人だ。

でも、ブラントだってそうだと信じていた。

それなのに……

「ごめんなさい。お義兄様、ごめんなさい。臆病な私でごめんなさい。お義兄様を信じたいのに、私……」

「いいんだ。私を大切だと言ってくれただけで十分だよ。今は答えを出せなくてもそれが聞けただけで私は嬉しい」

こんなに優しい人に、私はなんて不誠実なんだろう。彼にこんな悲しい顔をさせて。

「お義兄様……。そんな私でも……いいですか？」

「え？」

「恋愛は怖いです。真に心を開くことは、まだ無理だと思います。私は臆病者です。そして卑怯者です。お義兄様の伸ばしてくださった手を取らないのに、裾を引っ張るようなことをする浅ましい者です。でも……向き合いたい。サイラス……様と、この先も一緒にいたいから……」

泣くなんて卑怯よ。泣きやまなきゃ。

「抱き締めても……いいか？」

声がつっかえて出ない。情けないけど、子供っぽいけど、私は頭を縦に振って答えた。

ゆっくりと、私の許可を取るように、サイラス様はその胸に私を抱き込んでくれた。

とても……温かい。

体の力が抜けてしまうくらい、安堵する自分が不思議だった。

「ゆっくりでいいんだ。ゆっくりと二人で頑張っていこう。臆病な君も、卑怯だと卑下する君も、すべて受け止める。君が向き合ってくれるなら、私も一緒に向き合うよ。一人で頑張らなくていいんだ。もがきながら、前を向こうとする、君の気高さを尊敬する。好きだよ、エスメローラ」

「はい……。ありがとう……ございます」

今はまだ言えない『好き』を、いつか、あなたに伝えたい。

第十話　祭りと花火と婚約指輪

建国記念祭は約一週間開かれる。

前夜祭、大神殿での祈り、歴代の国王陛下が眠る墓地への参拝、城下町で開かれるパレード、国王陛下の祝辞、建国記念祭の舞踏会など、イベントが目白押しだ。

前夜祭では、広場で建国に尽力した初代国王とその部下たちの武勇伝を芝居《しばい》にして上演している。

芝居《しばい》とは思えないほど白熱した戦いのシーンは観客を大いに魅了した。

城下町にはたくさん屋台が出ていて、昼夜を分かたず騒がしく、心躍る音楽が鳴り響いていた。

「エスメローラ。疲れたかい？　あちらに休めそうな場所があるから移動しようか？」

「ありがとうございます」

サイラスお義兄様、いえサイラス様と私は噴水前に来ていた。座れそうなところにハンカチを広げ、「どうぞ」とスマートにエスコートされドキドキしてしまう。

「飲み物を買ってくるからここで待っててくれ。何か希望はあるか？」

「いいえ。サイラス様にお任せします」

「わかった。すぐ戻る」

あの夜。私はサイラス様と婚約を決めた。

翌日には公爵様と公爵夫人、ロクサーヌちゃんに伝え、公爵家はお祝いムードとなった。

でも、私はその日から遠方へ出向くし、サイラス様も仕事が山積み。建国記念祭間近なので誰も彼も忙しいのだ。

だから、婚約パーティーは建国記念祭が終わってからになった。

公爵夫人は婚約パーティーを飛ばして結婚式を執りおこなってしまえばいいと興奮していらっしゃる。まぁ、サイラス様が手順を踏んでから結婚したいと止めてくれたけれど……

あの様子だとまだまだ公爵夫人が暴走しそうな気配はあるが……どうにかなるだろう。

今日は前夜祭。

サイラス様とデートしておいでと公爵夫妻とマチルダに背中を押され、現在に至る。

屋台を回るだけでも楽しいのに、サイラス様と一緒だとより一層楽しいと心が弾んだ。

弓矢を使った射的はハラハラしたけど、危なげなく真ん中に命中させるサイラス様の姿はその場にいたすべての観客の目を釘づけにしていた。

串焼き屋の主人とサイラス様は知り合いらしく、「堅物サイラスにも春が来たんだな。ほら、おまけしてやるよ」と、串焼きを三本いただいて、一本は二人で半分こにしたわ。

とっても美味しかった。


「お待たせ」

サイラス様が戻ってきた。買ってきてくれた飲み物は、レモン味でさっぱりしていた。

「ありがとうございます。美味しいです」

「このあと歩けるか？　少し離れた所なんだが、花火がよく見える穴場があるんだ」

「はい、もちろん大丈夫です」

飲み物を飲み終え、私たちは移動した。

花火を見るためだろうか、先ほどよりも人通りが増えている。

「エスメローラ、手を」

サイラス様が手を差し出した。

「はぐれるといけないから手を繋ごう」

「はい……」

無性に恥ずかしい……

サイラスお義兄様とはエスコートのために手に触ったことはあるし、サラとは護身術を習う時に体を密着させたことだってある。

だが……恋人として手に触れるのははじめてだ。さっきまでは人が少なかったから一緒に歩いていただけだったし……

おずおずと手を差し出すと、優しく包んでくれた。温かいなとか、手がゴツゴツしているなとか、サラの時と手の感触が違うなとか、余計なことが頭に浮かぶ。

「……小さな手だ」

「え？」

「っ！　なんでもない。行こう」

祭の光のせいか、サイラス様の顔色が赤いように感じた。

◇◇◇

花火が打ち上がる会場とは反対の場所にやってきた。人はまばらだ。

こんなところが穴場なのだろうか……

「あっ……」

時計塔だ。

サイラス様が鍵を取り出し、時計塔のドアを開けた。

「さっ、エスメローラ」

中へ案内される。中は薄暗かった。サイラス様が近くに置いてあるランプに明かりを灯した。

「あの、入っていいのですか？」

「あぁ、許可は取ってある。レオンのオススメだしな。足元が暗いからしっかり掴まって」

長い螺旋《らせん》階段が目の前に広がっている。

これを上るのか……

「その、足が疲れるだろうから……抱き上げて運んでもいいか？　その代わりこのランプで足元を照らしてくれると助かるんだが、どうだろう？」

恥ずかしそうに提案された。

こちらも恥ずかしい……

「もちろん、嫌ならそう言ってくれ」

「えっ！　嫌ではないのですが……。その……大変では？」

「問題ない。そんなヤワな鍛え方はしていない。嫌ではないなら抱き上げるよ。はい、このランプを持って。魔石を利用していて熱くならないから安心して」

手早くランプを渡され、私は軽々と抱き上げられた。

「ひゃうっ！　……重くないですか？」

「軽すぎるくらいだ。最近ちゃんと食べていたのか？　忙しいからと食事を抜いてはダメだぞ」

「それはサイラス様ではありませんか？　お付きの方が嘆いていましたよ」

「うっ……」

少し困った顔が可愛らしくて笑ってしまった。

サイラス様も困り顔で笑っている。

「早く上らないと花火がはじまってしまうな。少し揺れるがしっかり掴まっていてくれ」

「はい」

サイラス様は軽い足取りで階段を上っていく。あっという間に最上階に着いてしまった。

花火はまだ打ち上がっていない。

「すごい見晴らしですね。素敵……」

屋台の光や王城の光が、まるで宝石箱の中のように煌《きら》めいて見えた。

「喜んでもらえてよかった」

「連れてきてくださり、ありがとうございます」

興奮ぎみにお礼を言うと「……可愛い」と呟く声が聞こえた。

思わず顔が熱くなった。

サイラス様の視線が私から離れない。

「こんなに可愛いと、心配になるよ」

私の髪を一房取り、口づける姿は教会の絵画に描かれた勇者のように素敵だ。

自然と胸が高鳴った。

「これからもずっと側にいてほしい。君の笑顔をずっと見ていたい。可能なら独占したいくらいだ。来年も、再来年も、私たちの髪が白くなって、年齢と共にシワを増やして死ぬまで、ずっと側で笑っていてほしい。私と一緒に年を取っていこう。愛してる、エスメローラ」

サイラス様は懐から小さな箱を出した。

中には二つの指輪が並んでいた。

空色のブルーダイヤモンドが輝く指輪だ。

イエルゴート王国では、愛する人とお揃いの指輪を左手の薬指にはめる風習がある。

「受け取ってくれるか？」

こんな時に、涙が出てくる。

嬉しくて……涙が止まらない。

「は、い……。はい、喜んで」

花火が打ち上がった。まるで、私たちを祝福するように美しく夜空を彩った。

第十一話　重大発表

建国記念祭はつつがなく進み、城も城下町も祭を楽しむ人たちで盛り上がっている。

前夜祭では皆の配慮でサイラス様とデートすることができたが、その後は怒涛《どとう》の日々だった……

マチルダも疲労が日に日に溜まっていくのが目に見えてわかる。少しでも休めるようにリラックス効果のある香をたいたり、就寝前にハーブティーを用意したり、疲労回復のマッサージをしたりするのはもちろん、マチルダ以外でも対応できる公務の書類は積極的に片づけていった。

また、マチルダが目を通してその場でサインできるように資料や要点をまとめたメモを付けるなど工夫は惜しまなかった。

「本当に助かるしありがたいけど、無理はしないで。あなたのほうが先に倒れてしまうわ」

「私は大丈夫よ。マチルダこそ少し休憩しないと。次の予定までベッドで寝てて」

「エスメローラ……」

「お互い、あともう一踏ん張りでしょ。ほらほら、駄々をこねる暇があるなら少しでも休んでちょうだい」

そう言って、執務室の隣室の簡易ベッドにマチルダを押し込んだ時もあったわ。

そして、ようやく建国記念祭最後のイベント、舞踏会がやってきた。

ここを越えたら、あとは雑務を片づければ終わる。

重大発表後に仕事がわんさか降ってきそうだけど、それは考えないでおこう……

ヘンリー王は何度もマチルダの気を引こうとタイミングを計っていたが、レオン王太子殿下がぴったりマークしていたので波乱は起きなかった。

また、サイラス様の部下と揉めているブラントの姿が何度か目の端に映ったが、仕事が忙しくて構っている暇はなかった。

時々マチルダがニヤニヤしながら「サイラス、ナイス」と呟いていたが、何がどうなって『ナイス』なのかは不明のままだ。

さぁ、最後の大舞台だ。気を引き締めなくっちゃ！

◇◇◇

舞踏会は陛下の挨拶からはじまった。

そして、その挨拶は他国の賓客たちを驚かせた。

「我が国の王太子、レオン・イエルゴート。そして本日、王太女として即位した、マチルダ・イエルゴートを紹介する」

会場は一気にざわめいた。

それもそのはずだ。

本来『国王』は一人だ。

第一王位継承者を『王太子』もしくは『王太女』と呼称するのが一般的だ。

それなのに、『王太子』と『王太女』を紹介するなど前代未聞だ。

「ご静粛に。本来、国王は一人だと考えるのが普通でしょう。しかし、イエルゴート王国の次代は、二頭政治となることを発表します」

二頭政治。

聞きなれない言葉に会場はざわめく。そんな中、マチルダが話しだした。

二頭政治とは、国王が二人いる状態だ。

レオン王太子殿下は軍部を統括する総帥兼国王として仕事を担い、マチルダが内政の大きな舵取《かじと》りを担う女王として国を統治するのだ。

今はないが、二頭政治で飛躍的に繁栄した国もある。

会場からは、マチルダの説明に酔いしれたような称賛の声が聞こえだした。

広がりはじめた祝福ムードを壊すように、異を唱える人がいた。

「その国で二頭政治が成功したのは、国王と女王が夫婦だったからです。あえてマチルダ王女殿下が王太女になる必要はないのではありませんか？　他国との関係強化のために婚姻を結ぶという選択肢を捨てるのはいかがなものでしょう？」

オルトハット王国のヘンリー王だ。

他国の政治に口を挟むのは、周辺国との取り決めでご法度《はっと》とされている。内政不干渉条約を軽視する事案だ。

案の定、場の雰囲気が一気に悪くなった。

「ヘンリー王。これは我が国の方針です。あなたに意見される謂《いわ》れはありませんわ」

マチルダは鋭い視線をぶつけている。

しかし、ヘンリー王は揺るがない。

「意見ではありません。私は求婚しているのです。あなたに。マチルダ王女」

堂々とした告白だ。

女性陣から黄色い声が上がった。

「私は幼い頃からあなたをお慕いしておりました。そして、何度も婚約の申し込みをしてきましたが、すげなく断られていました。それでも諦められないのです。あの頃の私は、あなたほど美しく、聡明な女性をもらい受けるには不相応な男だったでしょう。ですがあなたと並び立てるよう、私なりに努力してきました。そしてオルトハット王国の王となり、あなたを迎えに来たのです」

ヘンリー王は前に進み出た。

「王族の結婚は国に繁栄をもたらすものです。陛下、我が国は期待を裏切りません」

陛下はニヤニヤしながらマチルダを横目で見た。ヘンリー王がこういう行動に出ることは予想していたようだ。

マチルダは冷めた目で陛下を一瞬見た。

「マチルダ王女と婚姻した暁には、関税を一部引き下げます。両国の交易をより活発なものにするのはどうでしょうか？　また、ヒトポポ草やカイバク草などを優先的に輸出することもできます」

ヒトポポ草は傷を癒《い》やす回復薬の原料で、カイバク草は植物系の魔物から受けた麻痺《まひ》を改善する麻痺《まひ》回復薬の原料だ。

『など』と言っていることから、他の貴重な薬草も準備があるように察せられる。

ヒトポポ草を育てるには、日照時間が鍵を握っている。雨が多いイエルゴート王国では栽培が難しく、輸入に頼っている。ヒトポポ草を使用しない回復薬の研究も進めているが、結果は芳《かんば》しくない。

世界最強と称される軍部を持つイエルゴート王国に喧嘩を吹っかける国はないだろうが、もしもイエルゴート王国を侵略しようとするなら、ヒトポポ草の供給源を経つことが最も効果的と噂されている。私は知らないが、極秘の暗殺部隊があるとの噂も公然の秘密として各国で囁《ささや》かれているらしい。

とはいえ、ヒトポポ草の安定供給は、国にとって大きな利益と言えるだろう。

マチルダが女王に即位して国を安定させることと、死活問題のヒトポポ草の安定供給。どちらを優先させるべきかと問えば、誰もが後者と答えるだろう。

レオン王太子殿下は武術に非常に優れている。統治者としての手腕が少し不安視されることもままあるが、国王の器として申し分ない人物だ。

わざわざ二頭政治にしなくても、イエルゴート王国は揺るがない。

「私と結婚、していただけますね」

ヘンリー王は余裕の笑みでマチルダに手を差し出した。

「お断りいたしますわ」

不敵に笑ってマチルダは結婚の申し込みを断った。

まさかの事態に会場がどよめき、ヘンリー王の眉が一瞬ピクリと歪《いびつ》な形になった。

「ヒトポポ草。十分な日照時間と温度、適切な水分量で栽培しなければ芽を出すこともできない薬草。イエルゴート王国ではまず無理だと言われていましたが」

マチルダが手を叩くと、スーザン様に連れられて男性の使用人三人が鉢植えを持って現れた。

鉢植えには青々とした葉を広げるヒトポポ草が窮屈そうに生えていた。

「国内での栽培に成功しましたわ」

会場が驚きでどよめいた。

「……そのようですね。ただ、そのコストは通常の何倍になるのですか？」

ヘンリー王はまだ余裕そうだ。

「ライトの魔道具では燃費が悪いのではありませんか？　あのように育てるまでいくつの魔石を消費したのですか？」

どうやら私たちが最初におこなった実験の内容を知っているようだ。

日照時間が問題なのであれば、とライトの魔道具を王城の温室に設置して栽培をおこなった。徹底管理したので育てることはできたが、大量の魔石を消費してしまい本末転倒の結果となった。

魔石には三種類ある。

魔物の心臓部から摘出される石と、魔物が死んで長い年月をかけて化石となった石、魔力を膨大に放出するドラゴンなどの魔物の巣にある石だ。

要するに、魔力を含んだ石を総称として魔石と呼んでいるのだが、難易度に差があるとはいえ、三種類いずれもそう気軽に手に入るものではない。

魔道具は魔石に溜められた魔力を利用して動かしているのだが、ライトの魔道具一つを一日中連続で使用する場合、低級のゴブリン一匹の魔石が必要になる。

鉢植え一つに対して一つの魔道具が必要になるので、燃費も効率も悪い。


だから、私たちは違う方法を模索したのだ。


「情報が古い上に頭が固くていけないわ。魔石を使用した栽培は現実的ではありません」

「はぁ？」

「魔石に代わる新たな動力を開発したのです。それは『マナエネルギー』ですわ」

会場が静まり返った。

それもそうだろう。『マナエネルギー』がなんなのか誰もわからないからだ。

「ご存じの通り我が国は雨の多い国です。しかし、別の言い方をすれば『水資源の豊富な国』と言えます。大きな河や氾濫防止のダムなど各地に整備されています。皆様ご存じかと思いますが、水の流れる力は強大です。その強大な力を魔石に代わる動力にできれば、ライトの魔道具をより低価格で使用することができます」

水の流れる力を魔石に代わる力にしたと説明しても、突飛すぎて理解が及ばないようだ。会場の人々は顔を見合わせ困惑している。

「信じられないのも無理はありませんわ。あれを持ってきて」

マチルダの命令でスーザン様が奥のドアを叩いた。ドアはゆっくりと開き、直径一メートルの水晶を使用した魔道具が現れた。

「これはライトの魔道具です」

マチルダは魔道具の側に移動し、水晶の台座になっている魔道具の側面のドアを開けた。

そこには透明な容器に虹色の液体が入っており、よくわからない部品が所狭しと並んでいる。

「その虹色の液体はなんですか……」

誰かが控えめな声で聞いた。

「マナエネルギーを魔力に変換するものと言っておきましょう。まだまだ開発途中ですし、国家機密ですので詳しいご質問はご遠慮ください。見ていただきたいのは、この装置に『魔石』は使用されていないということです」

「確かに……」

「この規模の魔道具なら巨大な魔石が必要になるはずだ」

「奥に隠されているのか？」

「いや、液体に色はあるが濁《にご》っていない。奥まで見える。不思議だ……」

未知の装置に興奮気味に近づく人もいれば、遠巻きにしている人も見受けられた。しかし、多くの人がこの装置に興味を抱いているようだ。

「未知のマナエネルギーだと……。どこからそんな……」

周りの反応とは裏腹に、ヘンリー王が悔しげにぶつぶつと呟いている。

「マチルダ王太女殿下！　是非、我が国にマナエネルギーの技術をご教授いただきたい！」

「貴様、抜け駆けか！」

「マチルダ王太女殿下！　我が国に！」

複数の来賓がマチルダの前に進み出た。

「ご静粛に」

マチルダは静かに場を制した。

「マナエネルギーはまだ研究段階で安全面など検証が不十分です。マナエネルギーの実用性、安全性を確認してから、再度発表の場を設けさせていただきます。今、わたくしがお知らせしたかったのは、あくまでも『ヒトポポ草の栽培に成功した』事実のみです」

「マナエネルギーを魔石に代わる力にしたなど信じられません。そもそも、その魔道具は正常に動くのですか？　もっともらしいハリボテの可能性もある」

ヘンリー王が突っかかった。

ヒトポポ草の安定供給のカードが使えなくなれば、マチルダを娶《めと》る計画は絶ち消えてしまう。

内心必死だろう。

「そう言うだろうと思ったわ」

マチルダは不敵に笑った。

「窓から庭をご覧ください。同じ構造の小型魔道具を庭に設置しております。ご興味のある方は庭を散策されてはいかがでしょうか？」

マチルダが手を叩くと窓辺の使用人が庭に信号弾を放った。すると一斉に魔道具が光り、庭の花々を輝かせて幻想的な空間を作り出した。

「美しい……」

「なんて……幻想的な光景だ……」

庭を食い入るように見る賓客から称賛の声がポロポロと溢れた。

「マナエネルギーの開発、希少薬草の栽培に成功した功績でわたくしマチルダ・イエルゴートは次代を担う王太女として即位したことをご報告いたしますわ。皆々様、どうぞよろしくお願いします」

マチルダの美しいカーテシーと微笑みが、ヘンリー王との対決の決着を示した。

第十二話　はじめてのキス

舞踏会もそろそろ終盤だ。

賓客の人々は庭を散策したり会場でダンスを踊ったりしていて、とても賑わっている。

ヘンリー王が賓客で招かれている人々と談笑している姿を見た。序盤にマチルダからフラれたとは思えない雰囲気で会場に溶け込んでいる。

図太いと言えばいいのか、フラれたことを逆手に取って交流を円滑にしている強《したた》かな人物と言えばよいのか……

それくらいの気概がないと一国の主は務まらないのかもしれない。

「エスメローラ」

サイラス様が飲み物を手にバルコニーに現れた。

「もうすぐ舞踏会も終盤だ。大丈夫か？」

「えぇ。私は準備だけで主に裏方の仕事でしたから。マチルダ様が配慮してくれたお陰です」

スーザン様がおこなっていたことは、本来は私が担当するはずだった。しかしマチルダの命令でその役はスーザン様に代わった。

準備でフラフラになっている私では、マチルダの補佐は不安だと言われて、準備終了後、サイラス様に引き渡されて会場でマチルダの活躍を見ることとなった。

サイラス様には会ってすぐにお小言を言われてしまったわ。

『無理をしすぎるな。本当ならこのまま屋敷に連れて帰りたい。舞踏会の間、私から離れることは許さない』って、真剣な顔で言われてしまった。

「レオン王太子殿下の婚約発表はいつになりそうですか？」

「ん？　あぁ、それなら――」

「「うわ～!!」」

「「おめでとうございます!!」」

会場で歓声が上がった。

「今告白に成功したみたいだ」

「そうみたいですね」

実は、レオン王太子殿下にはずっと心に決めた人がいた。ゴギリシュア辺境伯の愛娘・デイジー様だ。

彼女は『紅い狼《おおかみ》』という異名を持つほど剣技に優れた戦士だ。辺境に出る強力なドラゴンを仕留めたこともあるらしい。

剣を振るう姿は勇ましく美しいが、貴族令嬢としては品位に欠けると言われていた。辺境という環境が、彼女に勇ましく男性的な所作を身につけさせたのだ。

人形のように微笑むことが苦手で、淑女教育を受けるも体を動かしたくて早々に逃げ出したというのは有名な話だ。

彼女を王妃に据えれば国の品格が損なわれると貴族たちの反発にあったが、レオン王太子殿下は彼女以外と結婚する気はないと頑なに結婚を拒んでいた。

デイジー様に婚約の申し込みをした貴族もいたらしいが、彼女の強烈な個性とレオン王太子殿下の圧力で、早々に婚約の話がなくなったのは言うまでもないだろう。

肝心な話だが、二人は想い合っている。それは確かだ。

レオン王太子殿下は何度も地位を捨てようとしたそうだが、現国王の直系男児はレオン王太子殿下のみ。さらに武術に優れた彼しか軍部を掌握するのは難しいとされ、王太子を辞めることもかなわない。レオン王太子殿下の結婚は、イエルゴート王国の悩みの種だった。

そこでマチルダが提案したのだ。

二頭政治という形をとれば、乱暴な言い方だがデイジー様をお飾りの王妃にすることができると。王妃が担うべき仕事や内政は女王のマチルダがおこない、軍部の統率はレオン王太子殿下が仕切る。そうすれば国の運営は問題ない。

デイジー様は王妃という立場になるが、剣技でレオン王太子殿下を支えることが主な役目になり、淑女としての振る舞いは最低限でよくなる。

さらに、マチルダはしつこいヘンリー王を退けることができる。さすがに女王を嫁に出すことはできないからだ。

ヘンリー王は強引に父親から王位を奪ったのだから、無責任に放棄してイエルゴートに婿入りしたいとは言ってこないだろう。

皆が幸せになれる、完璧な作戦だ。


「エスメローラ」

サイラス様が髪を一房手に取って口づけした。いつものように私をじっと見てくる瞳から目が離せない。いつもはそこで終わるのに、今日は先に進んだ。

彼に……手を取られた。

ゆっくりと、唇が手に触れようとしている。

息遣いを感じる。

「好きだよ、エスメローラ。好きだ。私は君を裏切らない。どこにも行かない。君以外とキスはしない。したくもない。一生、君以外に口づけしない。だから……キスしていい？」

金色の瞳に捕らわれる。

懇願するような、獣のような、不安な子供のような……男性の瞳だ。

手が熱い。

軽く手を添えられているだけなので、引き抜こうと思えばすぐに引き抜ける。

でも、引き抜けない。引き抜きたくない……

「エスメローラ」

お互いの左手薬指に煌《きら》めく指輪が見えた。

「は……い……。私も……したい……です」

いまだに『好き』と言えてない。

言いたいのに、喉につかえて、私はその言葉が吐き出せない。

でも……気持ちを伝えたい。

あなたを好きだと……

私の返事を待って、サイラス様ははじめて私の指にキスをした。

「嬉しいよ……」

妖艶な微笑みに心臓が鷲掴《わしづか》みにされる。

サイラス様の指先が、私の頬に触れた。

それから、顎《あご》……唇……

「嫌じゃない？」

「は、い……」

唇を何度も撫でられる。

サイラス様の視線も唇に集中している。

不意に誰かの気配を感じた。

瞬間！

サイラス様に顎《あご》を持ち上げられ、そっとキスをされた。

「っ！」

突然のキス。

ただ、唇を合わせただけなのに、心臓が早鐘を打った。

あまりのことに、彼しか感じられない。

ゆっくりと唇が離れた。

「マチルダ様の元で待っていて。誰かに声をかけられても、『マチルダ様に呼ばれている』と言って、決して取り合ってはいけない」

「え？」

「本当ならマチルダ様の元にエスコートしたいんだが、用事ができた。すまない」

「それは構いませんが、何かあったのですか？」

「たいした用事ではないが、危険な芽は早めに摘んでおくに限るからな」

危険な芽？

「……わかりました」

「いい子だ」

彼の美しい微笑みに魅了されてしまう。

動けず彼を見つめていると、彼が顔を近づけてきた。

「……続きは屋敷で。すぐに迎えに行くから、待っててくれ」

「……はい」

耳元で囁《ささや》いた甘い声に酔いしれてしまった……

第十三話　サイラスの回想

私はサイラス・アルデバイン。

アルデバイン公爵家の人間だ。

アルデバイン公爵家は代々王室に忠誠を捧げている。別名・王家の番犬と恐れられている。

これは国家機密だが、アルデバイン公爵家は暗部を取りまとめている家だ。暗殺・諜報・情報操作など。王家に仇《あだ》なす輩を秘密裏に排除している。

私も次期公爵として、仕事の経験は積んでいる。

マチルダ様がオルトハット王国に留学することが決定した時は、本当に最悪だった。

一人のバカ貴族が、レオンが自分の娘になびかないことに痺《しび》れを切らし、レオンを蹴落としてマチルダ様を擁立しようとする動きを見せたのだ。

内乱が起こっては困る。

国を安定させるために、マチルダ様を留学という体で他国に避難させることになった。

イエルゴート王国からほどよく離れていて、マチルダ様を歓迎してくれる国として浮上したのが、オルトハット王国だ。

現国王ヘンリーからの熱いお誘いだった。

案の定、マチルダ様は反発したが、ヘンリー王からのアプローチをうまく回避できないようなら逃げ回っても捕まると王妃様に言われ、しぶしぶオルトハット王国に渡ることになった。

そして、マチルダ様の護衛として、王家の信頼が最も厚いアルデバイン公爵家に話が来た。年齢的にも実力的にも、昔から付き合いがある私が適任とされた。

最悪なことに『マチルダの側で護衛してほしい』という陛下の願いのために、魔道具で女性に変身することになってしまった。

女性しか行けない場所が多いのはわかるんだが……

悪足掻《わるあが》きで、女性しか入れない場所は女性の影を護衛につけるのはどうかと提案したが、マチルダ様の安全第一と提案は却下された。

ただ、紳士として断言するが、マチルダ様の洋服の着替えや入浴の手伝いなど彼女の不名誉になることはしていない。

そういったことは女性の影に依頼していた。

当初は『貧乏くじを引かされた』と恨みもしたが、結果、エスメローラに会えたのだから、今はむしろ感謝している。

マチルダ様は、ヘンリー王との接触を回避するためによく図書室内の個室を利用していた。

そこで、エスメローラをよく見かけた。

物静かで目立つような女性ではなかった。むしろ地味で存在感を抑えている印象だった。しかし本を読んでいる時は表情豊かで見ていて飽きなかった。

難解な専門書を読んでいる日もあれば、恋愛小説に没頭している日もあった。

図書室で彼女を観察するのは一時の癒《い》やしだった。

そんなある日、彼女が不用意に近づいてきた。

今までこちらに一切関心を寄せなかったのに……

何かしらの意図があるのは明白だ。

図書室に通う生徒は粗方調べあげている。エスメローラも例外ではない。家族構成、親の仕事、どこの派閥に属していて、誰と親しくしているか、大体の調べは済んでいた。

それを踏まえた上で、彼女の行動は謎だった。

マチルダ様は『彼女は婚約者から逃げたいのだろう』と推察された。

盲点だった。

彼女は婚約者を明かしていないからその線を失念していた。

しかし彼女を散々調べあげたが、婚約者の影は見えない。むしろ男性との接触がほぼない。本当に婚約者がいるのかと疑いたくなる……

そこで学院に入る前からの交友関係を調べていくと、ブラント・エヴァンス公子が浮かび上がった。

彼らの婚約は実に巧妙に隠されていた。

私はエスメローラのほうから調査をして婚約の事実にたどり着いたが、エヴァンス公子のほうから調べたらわからなかっただろう。

それくらい念入りに隠されていた。

エヴァンス公子はヘンリー王の右腕だ。彼の周りは常にうるさいハエが何匹も飛び回っている。それも毒が強くてたちの悪い毒虫たちだ。もしもエスメローラが婚約者だと情報が漏れれば、間違いなく彼らに潰されていたに違いない。

ブラント・エヴァンス公子……

眉目秀麗《びもくしゅうれい》、文武両道と称賛されるが女癖はよろしくない。ヘンリー王の命令を受けて女遊びをしていると報告を受けている。それもかなり大胆に、だ。

巷《ちまた》に流れる噂も利用して、クズ男を演じながら女を使って情報捜査や証拠集めをして成果を上げているようだ。

ヘンリー王の右腕としては優秀なのかもしれないが、男としては最低だ。エスメローラへのフォローは一切ない。彼女が自分にベタ惚れだから多少の噂程度では信頼は揺るがないなどヘンリー王たちが集まる執務室で豪語していた。

大バカ者だ。

あんな男にエスメローラの心がズタズタに切り裂かれていると思うと殺意を覚えた。

調査結果はすべてマチルダ様に報告し、その上でエスメローラがどうしていきたいのかを見極めることとなった。

事はトントン拍子に運び、エスメローラはマチルダ様の侍女になることを決意し、私の指導のもと立派な侍女に変身した。

運動神経は平凡より下だったが、根性と頭の回転の速さはマチルダ様に匹敵するかもしれない。

マチルダ様の求める資料は指示される前に粗方準備しているし、今回のマナエネルギー開発のきっかけとなったのも彼女だった。

彼女はイエルゴート王国に有益な人材だ。

そして、私にとって……

いざオルトハット王国から彼女を連れて旅立った際、イエルゴート王国に連れて帰りたい気持ちと、任務とはいえ『女性のサラ』として彼女を騙してきた後ろめたさを感じた。

本来の『サイラス』に戻ることで彼女に嫌われるのではないかと恐れ、イエルゴート王国に帰るのが怖かった……

小心者すぎて自分でも失笑してしまうが、サラからサイラスに戻る時には、陛下や王妃様、レオン、マチルダ様、そしてエスメローラがいる場で変身を解いて、事情を話す場を設けてもらえるように手配していた。

『故意に騙していたわけじゃない』『命令で打ち明けられなかった』と、彼女に言い訳を聞いてもらえるように……

『騙すかたちになって、すまない。改めて自己紹介させてほしい。サイラス・アルデバインだ。君の……義兄だ』

『えっ……あっ……エスメローラ・マルマ、いえ、アルデバインです。……お……義兄様』

予想通り彼女は混乱した。

私との距離感を測りかねているような戸惑いも感じた。しかし『嫌悪』や『失望』といった感情は見受けられなかった。

これは思わぬ幸運だろう。

女性だと騙していたことについては、理解してくれたと思われる。

これからサイラスとして彼女の信頼を得ていけば、彼女を手に入れられるかもしれない。

そんなほの暗い気持ちが胸を熱くさせた。

彼女の好み、思考、性格はサラの時に熟知している。それに、素直で腹芸が苦手な彼女の機微も把握している。

騙していたことで彼女に嫌われたらと心配していたが、幸先のよいスタートを切れてあの時は胸を撫で下ろした。


しかし事態はそんなに甘くなかった。

彼女との距離は一向に縮められなかった。口調も敬語に戻ってしまったし……

サラの時に見ていた屈託のない笑顔を見ることもできなくなり、気遣いも空回るようになってしまった。心の距離でいえば妹のロクサーヌのほうが近いだろう。

マチルダ様とは以前よりも砕けた表情、口調で話していて、焦る気持ちがふくらんできた。

エスメローラに嫌われてはいない。

しかし、ただ、それだけだった。

女性と騙していたことが悪かったのか、それともエヴァンス公子にまだ心が残っているのか……

時折送られてくる花束を受け取っているとも聞いた。

なんであの男なんだ！　あんな最低な男がいいのか!?

焦れていると、建国記念祭にエヴァンス公子がやってくると情報が入った。

私はいてても立ってもいられずエスメローラの元に走っていた。

「はい、大丈夫です。私にはこんなに優しいお義兄様がいますから、何も心配していません」

笑顔で私を『お義兄様』と呼んだことにもう耐えられなかった。

「私と結婚しないか？」

彼女との距離が縮まったら告げるつもりの言葉を、私は声に出してしまった。

私の告白を彼女が断ることはわかっていた。

しかし、諦められず『建国記念祭まで考えてほしい』と返事を保留してもらった。

我ながら軽率だった……

いや、これで私のことを異性として見てくれるようになるかもしれない。

それとも義兄なのにと、気持ち悪いと思われるかも……

『二頭政治』を実現するために仕事は山積みで、余計なことは考えられないはずなのに、不意にエスメローラのことが頭によぎる。

サラの時に見た笑顔が、弾む声が……

しかしそれは『サラ』と呼ぶ声だ。『サイラス』と呼ばれたいと願ってしまう。

仕事に忙殺され、約一ヶ月家に帰ることができなかった。その間、タイミング悪くエスメローラに会えないでいた。このままでは建国記念祭まで会えなくなってしまう。

なんとか都合をつけ、マチルダ様たちが遠方の貴族の訪問のため王都を離れる前日に帰ることができた。

しかし夜遅くになってしまった。

エスメローラは寝ているかもしれない。

無理を承知で部屋に行くとエスメローラ付きの侍女から庭に散歩に出たと言われた。急いで庭に向かうと月夜に照らされたエスメローラが佇《たたず》んでいた。

美しかった……

まるで月の女神だ。

「エスメローラ」

声をかけるとはじめは驚いた顔をしたが嬉しそうに駆け寄ってきた。

「サイラスお義兄様！」

可愛い。

可愛いすぎて声を上げてしまった。

帰ったその足で会いに来てしまったので、まだ風呂に入っていない。変な匂いがしないだろうか……。近づきたいけど嫌われたくない。

私の慌てぶりにエスメローラが無邪気に笑っている。あぁ、夢のようだ。

少しでも話したくて部屋に誘ったら、彼女も話したいことがあると言って私の部屋に来てくれた。

浮かれていたので失念していたが、年頃の男女が同じ部屋にいるのはまずい。

しかしせっかくの二人の時間を失いたくない。

書類上は兄妹なのだから……

心の中でそう言い訳をして、私はこの時間を貫くことに決めた。エスメローラは何も言ってこないので、告白の返事かもしれない。

内心緊張しながら彼女をからかったり、差し支えない会話をしたりと場を和ませる。すると、彼女は自分の心の内を明かしてくれた。

そんな自分でもいいのかと聞かれた時は、天に昇りそうなくらい嬉しかった。

どんなエスメローラでも受け止める自信はある。彼女が向き合ってくれるならこれほど嬉しいことはない。

ここからゆっくりと彼女との距離を縮めていければいい。

◇◇◇

エスメローラと心を通わせたことは翌朝、両親やロクサーヌ、レオン、マチルダ様に伝えた。みんなとても喜んでくれた。

隣で赤くなっているエスメローラはとにかく可愛くて、本当なら一時も手放したくなかったが、お互い仕事がある。

マチルダ様を王太女に擁立するには、さらなる根回しとマナエネルギーを安定供給するための研究が必要だ。彼女たちが遠方に行っている間、私が研究の指揮を執ることになっている。

一癖も二癖もある変人集団の研究者たちを一人でまとめると思うと気が重い……

ところで、今回のマナエネルギー開発のきっかけとなったのは、魔石を利用した薬草栽培は不可能と早々に決断した際の、『魔石を利用しない別エネルギーがあれば、薬草栽培はできるのではないでしょうか』というエスメローラの呟きだ。

『以前、自然の力を別の力に変える研究に情熱を捧げる主人公と、その研究を支えるために身を粉にして働く恋人の物語を読んだことがあります』

『あっ、〝デゼブルグの恋人よ〟!』

『はい、あの物語です』

『でもあれは完成間際に実験に失敗して研究者は事故死、恋人はあとを追うように亡くなった悲恋だったわ。そもそも自然の力を別の力に変えるなんて荒唐《こうとう》無稽《むけい》な話よ。小説の中だけの空想じゃないかしら？』

『いいえ、自然の力を別の力に変える研究は実際に行われていたようです』

『『え⁉』』

あの場にいたマチルダ様やレオン、魔道具の研究者たちも驚きの声を出した。

エスメローラの説明によれば、その物語の作者は真実と空想を織り交ぜた世界観を好むらしい。念入りな取材をして創作意欲を高める人物だと言っていた。

自然の力を別の力に変えるなんて荒唐《こうとう》無稽《むけい》な話に、ついに空想だけで物語を描いたのかと興味を引かれエスメローラが趣味で調べたそうだ。

『デゼブルグは世界的に魔道具開発が進んでいるグスタフ王国に実在する町の名前でした。魔石に代わる力の開発をしていると調べはつきました。研究者に手紙を出したら、自然の力を別の力に変える研究をしていると返事が来ました。でも研究に投資しませんかって勧誘に変わったので、実際どのような研究をしているかは不明なんですけど……』

『早急に調べましょう！』

マチルダ様の号令ですぐに相手方と連絡をとり、共同研究・開発を提案し、彼らの研究施設ごとイエルゴート王国に移転させ、自然の力もとい『マナエネルギー』の実用化に成功したのだ。

小説の中だけの話と思われた自然の力の変換。

誰もが『そんなものは空想だ』と思うことを、趣味であったとしても調べ、その知識を必要な時に繋げて提示する聡明さは驚嘆だ。

もしも彼女が男だったら間違いなく大成しただろう。

建国記念祭の前夜祭。

レオンとマチルダ様が、建国記念祭のために粉骨砕身で準備をしてきた私たちへのご褒美として、前夜祭でデートができるように取り計らってくれた。

できる準備はすべて終わっている。

あとは当日ミスを犯さなければ問題ないだろう。

今だけは仕事を忘れてエスメローラとの楽しい時間を満喫したい。

町娘風に装ってもエスメローラの可愛さは損なわれない。むしろ、新鮮な感じがして愛おしくて仕方がない。

ただ、やはり壁を感じてしまう。

遠慮している……。違うな、困っている？　戸惑っている？

なんと表現すればいいかわからないが、エスメローラと距離を感じる瞬間があった。

どうにか彼女の心に近づきたい。

しかし強引な真似はよくない。

あくまで自然なかたちで……

どうすれば自然に距離を縮めることができるんだ？

紳士的なエスコートに徹するが一向に進展しない……。いや、デートは楽しんでくれていると思うが、私はもっと……

◇◇◇

デートを楽しんでいると、花火が打ち上がる時間が迫ってきた。

レオンに『取っておきの穴場を教えてやる。そこは許可された者しか入れないから、二人っきりでゆっくり花火が見れるぞ。指輪を渡すのにも絶好の場所だ』と勧められた場所に移動することになった。

花火が打ち上がる前だからだろう。人通りがより多くなっている。

このままではぐれてしまうかもしれない。

そこで――

『エスメローラ、手を』

手を差し出した。

心臓が縮み上がっていたが、自分の行動は自然なはずだ。実際、はぐれたら大変だし彼女の安全を考えてだな……

『はぐれるといけないから手を繋ごう』

『はい……』

エスメローラは恥ずかしそうに手を乗せた。

心の中で頭を抱えてその行動に悶《もだ》えた。

彼女の手の柔らかさが心地よい。

私の手の中にすっぽり入る小さい手が無性に愛しく思えた。彼女の手はこんなに小さかったんだな。

『……小さな手だ』

『え？』

思わず口を滑らせていた。

慌ててごまかし、目的地に向かって歩きだした。

気持ち悪いと思われていないだろうか……

エスメローラを横目に見ると、彼女は恥ずかしそうに微笑んだ。

あぁ……好きだな……

◇◇◇

目的地の時計塔に着いた。

中は薄暗かった。

無意識だと思うがエスメローラが私の手を一瞬ギュッと握った。怖かったのだろうか、不安げな顔だ。

にやけそうな顔を引き締め、階段を見上げた。最上階までは結構な距離だな。私は問題ないが女性では辛いだろう。時計塔に来るまでそれなりに歩いたし……

嫌がられたらと不安に思ったが私は心を決めて提案をした。

『その、足が疲れるだろうから……抱き上げて運んでもいいか？　その代わりこのランプで足元を照らしてくれると助かるんだが、どうだろう？』

彼女は案の定、戸惑った顔をした。

抱き上げるのは失敗だっただろうか……

『えっ！　嫌ではないのですが……。その……大変では？』

嫌ではない!?

……よかった。

それに私を気遣ってくれる彼女はなんて優しいんだろう。愛しさが溢れて困ってしまう。

『問題ない。そんなヤワな鍛え方はしていない。嫌ではないなら抱き上げるよ。はい、このランプを持って。魔石を利用していて熱くならないから安心して』

軽い!?

『ひゃうっ！』

浮かれていて突然抱き上げてしまった。

彼女が軽く悲鳴を上げる。

怖がらせたかと思ったが、彼女の顔は真っ赤になっていた。恥ずかしいのだろう。

『……重くないですか？』

上目遣いで、可愛らしく聞いてくる。

『軽すぎるくらいだ。最近ちゃんと食べていたのか？　忙しいからと食事を抜いてはダメだぞ』

照れ隠しで『義兄』の時のような物言いをしてしまった。

『それはサイラス様ではありませんか？　お付きの方が嘆いていましたよ』

『うっ……』

彼女からの反撃に、思わず言葉が詰まる。

しかしこんな会話がとても嬉しく思ってしまう。

『早く上らないと花火がはじまってしまうな。少し揺れるがしっかり掴まっていてくれ』

『はい』

彼女は私の首に腕を回しギュッと抱きついてくる。彼女から甘い匂いがする。

邪《よこしま》な気持ちを払うよう、足早に階段を上るとあっという間に着いてしまった。

『すごい見晴らしですね。素敵……』

彼女は目を輝かせて景色に感動している。

『喜んでもらえてよかった』

『連れてきてくださり、ありがとうございます』

興奮ぎみにお礼を言ってくるのがとにかく可愛い。可愛すぎて思わず――

『……可愛い』

――と呟いてしまった。

ブワッ！　と彼女は顔を赤らめる。

もう限界だ。

ここなら誰もいない。

『こんなに可愛いと、心配になるよ』

彼女の髪を一房取り口づける。

『これからもずっと側にいてほしい。君の笑顔をずっと見ていたい。可能なら独占したいくらいだ。来年も、再来年も、私たちの髪が白くなって、年齢と共にシワを増やして死ぬまで、ずっと側で笑っていてほしい。私と一緒に年を取っていこう。愛してる、エスメローラ』

私は懐から小さな箱を出した。

中には二つの指輪が並んでいる。

エスメローラの瞳の色に合わせた、空色のブルーダイヤモンドが輝く指輪だ。

『受け取ってくれるか？』

彼女は口元に手を当てた。

瞳に涙が溜まっていく。

『は、い……。はい、喜んで』

涙を流しながら笑う彼女はとても美しかった。

花火が打ち上がり、まるで私たちを祝福するように美しく夜空を彩った。

第十四話　サイラスVSブラント

ずっと渡せなかった指輪をお互いに左手の薬指に着けている。イエルゴート王国の文化を知っている者なら、私たちが恋人同士であることが一目瞭然だ。

あの男も指輪の意味を理解しているのだろう。

建国記念祭で来訪して、遠目からエスメローラを見たヤツは明らかに動揺していた。

隣に立つ私へ殺気立った視線をぶつけてきたが、鼻で笑ってやった。

この愚か者め。

あの男は建国記念祭の式典や催しの最中、どうにかエスメローラと話せないかと画策しているようだった。城に仕える使用人を買収しようと大胆な行動も見られたが、すべてこちらの手の中だ。

敵の本拠地で戦いを挑むのは愚者の行動だ。

お前にエスメローラの前に立つ資格はないんだ。

◇◇◇

「いつまでコソコソ隠れているつもりだ」

エスメローラをマチルダ様の元へ向かわせてから、出入り口の物陰を睨《にら》みながら声をかける。隠れているそいつが少しビクつくのを感じた。

「エヴァンス公子」

名前を呼ぶと、その男は観念したようにゆっくりと物陰から姿を表した。

「……彼女と……話をさせてほしい。アルデバイン公子」

「断る。何度もそう言っているだろう。いい加減、諦めたらどうだ？」

エヴァンス公子を冷めた目で見る。

フラれたのに、いつまでも未練がましい。

この男の狙いはなんなんだ……

「わっ、私にとってエスメ――」

「ゴホンッ！」

「っ!!」

不快な男から彼女の名前が飛び出しそうになり、不機嫌に咳払いをした。

お前が気安く名前を呼ぶなと睨《にら》むと、相手は無様に口を閉ざした。

エスメローラと彼の関係はもう断たれているのだ。しかも婚約者の私の前で名前を呼ぶなど、私に決闘を申し込まれても仕方がない所業だ。

オルトハット王国はまったく礼儀のなってない野蛮な国と宣伝するようなものだ。国同士のパワーバランスを考えれば最悪な手だ。

「彼女はようやく前を向いて歩きだしたんだ。彼女の笑顔を曇らすあなたに会わせるわけがないだろう。あなたも一人の大人として潔く身を引き彼女の幸せを願ったらどうだ」

「……彼女の憂いを払ってやれるのは私だけだ……」

「は？」

何を言い出すんだ？

「彼女と別れて二年。彼女はずっと私の迎えを待っている。それは私への愛が消えていないからだ！」

「愛？　何を言ってるんだ……。彼女はあなたのことを鬱陶《うっとう》しいと思っていたぞ」

「そんなことはない！　愛のこもった花束を受け取ってくれていた」

「あぁ。その花束が迷惑だと言っていたな。強制的に送られてくる花束を受け取りはしていたが、あなたの愛を受け取っていたのではない。優しい彼女は、誰にも愛でられないで枯れていくのでは花が可哀想だと、城で働く人たちにあげていたんだ。それに、花束を受け取らなかった場合、あなたが次にどんな行動をとるのか怖いとも言っていた。だからあなたの送っていたものは、愛ではなく、恐怖だ」

「それは違うな。彼女が花を城の人間に配っていたのは、幸せを分けてあげるためだ」

エヴァンス公子は大真面目な顔をしている。本気でそう思っているとうかがえる。

正直、面倒になってきたな。

「はぁ……。花束を贈る姑息な意図を、彼女がわからないとでも思うのか？」

「……」

「あなたはわかっていたんだ。花束なら彼女は受け取り拒否しないと。現に、宝石やドレスは一度も贈ってきていない。それは受け取らないとわかっていたからだ。だから毎回花束にしていたんだ」

「……だったらなんだと言うんだ。少しでも愛を伝えたいと思って何が悪い！　私たちは些細なすれ違いで関係を拗《こじ》らせてしまったに過ぎない。傷ついてしまった彼女の心を癒《い》やすことができるのは私だけだ。もう一度やり直せば、彼女の傷も癒《い》え、私たちは幸せを取り戻せるんだ」

ぶっ飛んだ理論だな。

はぁ、頭が痛い……

会話でエスメローラを諦めさせることは無理か……

「アルデバイン公子。私と彼女は心で繋がっているんだ。どうか彼女を返してほしい！」

「はぁ……。聞くに耐えないな。エヴァンス公子。あなたは何を勘違いしているんだ。エスメローラはあなたのことなど待っていない。むしろ嫌っている」

睨《にら》みつけると、彼は一瞬たじろいだが負けじとこちらを睨《にら》み返してくる。

「エヴァンス公子。あなたは何もわかっていない。あなたはエスメローラを愛していない」

「はっ！　馬鹿馬鹿しい。あなたに私の何がわかると言うのだ」

「今まであなたが口にしたのは、すべて『エヴァンス公子が幸せになるために彼女が必要だ』という内容だ。エスメローラの幸せなど微塵も考えていない」

「私の幸せが彼女の幸せだ！　オルトハット王国に帰れば何不自由ない暮らしを約束する。二度と寂しい思いはさせない。誰かに仕える必要もない。望むことはなんでもしてやれる」

　狂ってるな。

「今まで彼女が努力して積み重ねた功績、居場所、やりがいのある仕事を奪うことが彼女の幸せだと思っているのなら、あなたはどうしようもない自己中心的な男性だ。それでよく『彼女を愛している』と言えるものだな」

「私と共にいることが、彼女の幸せだ！」

「はぁ……。なぜ彼女に執着する」

「執着ではない。愛だ」

「いや、醜悪な自己愛だ。……あぁ、そういうことか」

　不意に理解できた。

　エヴァンス公子がエスメローラに執着する本当の理由が。

「今まで自分が自由に支配し、操っていた存在が自分の手から離れたことが許せないのか。自分が捨てるのではなく、相手に捨てられたことに自尊心を傷つけられた。その傷を癒《い》やすために彼女が必要なんだ。彼女がまた盲目的にあなたを愛してくれればあなたの男としての虚栄心が満たされる。……ハハハ、醜悪だな。あなたはエスメローラを取り戻したいんじゃない。彼女に愛される自分を取り戻したいんだ」

「違う!!」

彼が叫んだ。

動揺しているのが見てとれる。

これ以上彼に煩わされたくない。

この場で引導を渡してやる！

「何が違うんです？　あなたのちっぽけな自尊心を満足させるためだけに彼女を取り戻したい、と素直に認めたらどうです？」

「言いがかりはやめてもらおう！」

「図星だろ」

「何を根拠に俺を侮辱するんだ！　失礼極まりない！」

俺？

一人称が変化した。

どうやら取り繕う余裕もなくなったようだな。

「根拠ならある」

私は懐から映像記憶ができる水晶型魔道具を取り出し、再生した。

そこにはヘンリー王、いや、当時のヘンリー王太子と側近が執務室で談笑する姿が映っていた。

『彼女は僕を狂信的に愛しているから、多少女遊びの噂が流れたところで文句なんか言わないよ。僕の指示にはなんでも従うからね。フフフ、君の美しさを知っているのは僕だけであってほしいって言ったら地味な装いをするようになったしな。可愛いだろ？』

映像に出てくるエヴァンス公子は見るに耐えないくらい醜悪な顔をしている。

『僕の気持ちが離れていかないか不安に思って泣いてしまうかもしれないがな！　あぁ……想像するだけで愛しくてたまらないよ。不安気に僕にすがるような瞳が、最高に綺麗でソソルんだ。守ってあげなきゃってさ！』

記録映像内の彼は楽しげに笑っているが、それを見ている彼は顔面蒼白でいた。

「最低だな。意図的に愛する人を悲しませる神経が私にはわからないし、理解したくない。自己満足の愛は他の方と育んでくれ。二度と私たちの前に現れるな。あっ、そうそう」

私は懐から豪華な装飾が施された短剣を取り出し、エヴァンス公子に手渡した。

「なっ‼」

彼はおもしろいくらい驚いている。

それもそうだろう。

その短剣はエヴァンス公爵家に代々伝わる家宝で、初代オルトハット国王から譲り受けた物だった。普段は一番厳重な金庫に納められている代物だ。それをなぜ私が持っているか——

「警備はもっと厳重にしないと安心して眠れないんじゃないか？　随分とずさんな守りで、正直本当に公爵家なのかと心配に思ったほどだ。その短剣は返すよ。あと、お父上に『裏帳簿は写し終わったら元の場所に戻しておくから安心してほしい』と、伝言を頼めるか？」

もちろん盗んだのだ。

堂々とエヴァンス公爵家に侵入し、誰にも気づかれずに。

おや？

話の通じない狂人かと思ったが、案外話がわかる男のようだな。短剣を握りしめてガタガタ震えだしてしまった。

各国で恐れられるイエルゴート王国の暗部が、エヴァンス公爵家に潜り込んだとわかったようだ。暗殺、毒殺、窃盗、秘密工作、目的のためならなんでも遂行し、知らぬ間にすべて処理していく凄腕の集団だ。

簡単に言えば『いつでも寝込みを襲えるぞ』って脅しなんだが……

「それでは、さようなら。エヴァンス公子」

「ひっ！」

思いの外、有効だったようだ。

第十五話　私VSヘンリー王

「マルマーダ嬢。いや、アルデバイン公女」

マチルダの元へ向かう私にヘンリー王が声をかけてきた。

サイラス様に『誰に声をかけられてもマチルダ様に呼ばれている』と告げて、寄り道せずにマチルダの元に向かえと言われているが、他国の王族を蔑《ないがし》ろにするのはさすがによくない。

仕方なく足を止めた。

「オルトハット王国の太陽にご挨拶申し上げます」

「ごきげんよう、アルデバイン公女。最後に会ったのは二年前の学院卒業パーティーだったな。息災だったか？」

「もったいないお言葉、ありがとうございます。はい、変わりありませんわ。オルトハット国王陛下もお元気そうで何よりです」

「単身イエルゴート王国に勤めに行った君を案じていたんだ。アルデバイン公爵夫妻とはうまくいっているのか？　何か不便があれば私に言いなさい。君の貴族籍を復活させる準備はいつでもできているよ」

挨拶だけでこの場を辞退したいのに、ヘンリー王は私を逃がすまいと話を振ってくる。

とても面倒だがこの人は油断ならない。

適当な返事をすると足元をすくわれそうだ。

「お気遣いありがとうございます。ですがご心配には及びませんわ。アルデバイン公爵様、いえ、お義父様とお義母様にはとても可愛がっていただいておりますし、マチルダ王太女殿下に仕えられる誉れに、感謝しかございませんわ」

お互い笑顔で話しているが背筋がビリビリする。獰猛《どうもう》な野獣に品定めされている気分だ。

「そうか、それはよかった。だが、マルマーダ伯爵はずいぶんと寂しそうにしていたな」

お父様の話を振られ、思わず息を詰めてしまった。ヘンリー王の笑顔が深くなった気がする。

「おや、曲が変わったな。一曲、お相手願えるかな？」

スッと手を差し出された。

他国の賓客、しかも国王の誘いを無下にすることは、マチルダ王太女殿下の侍女という立場的にもできない。

こちらを気遣うような言葉選びだが強制しているのに変わりないのだ。

嫌な人だ。関わりたくないのに……

私は嫌々ながら、差し出された手を取った。

ニコリと微笑まれるが背中に悪魔の羽が生えているように思えた。

◇◇◇

ゆったりとしたワルツが流れる。

話をするにはピッタリの曲だろう。

「フフ」

「オルトハット王？」

「マチルダがこちらを睨《にら》んでいるのが可愛くてね」

「悪趣味」

「おや、一国の王に向かって不敬だね」

「誰にも聞かれていませんから。あなたが無礼だと騒いでも言い逃れできる自信はあります。むしろ、あなたが女性蔑視発言をしたと泣きながら訴えることもできますよ」

発言内容とは裏腹に私たちは微笑みを絶やさないで踊り続ける。

はたから見たら楽しく踊っているようにしか見えないだろう。

「おぉ、怖い。女性は心が決まると強いからね」

「おわかりでしたらもうマチルダを煩わせないでいただきたいですわ」

「それはできない相談だ。今は引き下がるが、必ず頷かせてみせるさ」

「……しつこい男は嫌いですよ、彼女」

「はは、わかってるよ。でも引き下がれないんだよ、男として」

「愚かですね。あなたもエヴァンス公子も」

「……ブラントと話せた？」

「いいえ。愛する人が守ってくださいましたから」

一瞬、ヘンリー王の表情が固まった。

バルコニーにいた時に感じた気配は、やはりブラントだったようだ。

あの時、サイラス様が私にキスしたのも、おそらく私にブラントがいることに気づかせたくなかったからだろう。

まったく過保護なんだから……

でも、嬉しくて胸が温かくなる。

サイラス様は……おそらく、ブラントと話をしているのだろう。

「戻ってきてくれないか、マルマーダ嬢」

真剣な口調に変わった。

「ブラントは君がいないとダメなんだ。腐っていくあいつを見るのが辛いんだ」

憂いを帯びた美形の懇願に、大抵の人が心を打たれるのだろうな、と冷めた気持ちが広がる。

「ブラントは君を愛している。もう一度、あいつにチャンスを与えてやってくれ。お願いだ」

「……」

「君はブラントを愛していたんだろ？　ちょっとしたすれ違いであんないい男を逃すのは愚かではないか？　このままではブラントの未来が壊れるぞ。いいのか？　君のせいでブラントが潰れても」

なるほど。私の情に訴えかける作戦か。

罪悪感を植えつけ、同情を引こうと。

「苦労して私の最も信頼する臣下になったのに可哀想だと思わないか？　国をまとめるのは綺麗ごとだけじゃやっていけないんだ。君もマチルダの下にいるのだから、わかるだろ？　君以外の女と浮き名を流したのも相手の懐に入るためだった。作戦だったんだ。ブラントはいつだって君を大切に思っていたんだ。私が保証する」

あなたに保証されても意味がないんだけど。

「ブラントのために考え直してくれ。ブラントとよりを戻すなら、すぐにでも貴族籍を復活させよう。あぁ、それと元デリカ公爵領の一部を慰謝料として譲渡するよ。宝石の出土する鉱山があるから一生金には困らないだろう。実家のマルマーダ伯爵家の爵位も侯爵に引き上げるつもりだ。弟のダッセル君はまだ婚約者がいなかっただろう？　良家の令嬢を紹介するよ。どうだい？」

すごい厚待遇だ。

なぜそこまで必死なの……？　ブラントのため……？

いいえ、違うわ。ヘンリー王は焦っているように見える。

なぜ？

「君が過去のことを水に流してくれれば皆が幸せになれるんだ。ブラントは喜んで君を受け入れる。極上の男に愛されるんだ、悪い話じゃないだろう？」

私が断るなんて微塵も思ってない表情だ。

馬鹿にしてくれるわね。

「お断りしますわ」

満面の笑顔で断ってやった。

向こうも笑顔を深くする。内心イラついているのが手に取るようにわかった。

「ずいぶんと薄情な女なんだな」

「フフフ、オルトハット王には負けますわ」

「ほぅ……」

笑顔で射殺せんばかりの殺気を感じる。

だがそんな威圧に屈する私ではない。

「エヴァンス公子が自暴自棄になり無能者に成り果てようと、わたくしには関係ないことですわ。また、元々の原因はエヴァンス公子、そしてオルトハット王。あなたではありませんか。責任転嫁とは見苦しいですわね」

「……」

「実家の件ですが、特段便宜を図っていただく必要はありませんわ。お父様も弟も『権力』に興味はございませんでしょう。ただ穏やかに暮らしたいと願う善良な人たちですから」

「……」

「寛大で聡明なオルトハット王。実家を盾に交渉を持ちかけるのはこれを最後にしてくださいませ。とても不愉快ですわ」

ニッコリ微笑んでやった。

ヘンリー王の笑顔が歪んだ。

実家に手を出したら許さないと汲み取ってくれたのだろう。イエルゴート王国の次期アルデバイン公爵夫人として対応すると。

「エヴァンス公子にこそ、オルトハット王から良縁をご紹介ください。遠い異国の地で彼の幸せを祈っておりますわ」

「それじゃ、まずいんだよ……」

ヘンリー王がボソッと呟いた。

あぁ……なるほど。ヘンリー王はブラントに脅されているのね。

そういえばヘンリー王は昔の側近たちと折り合いが悪くなっていて、その間にブラントが入って仲を取り持っているとマチルダが言っていたわ。

ふ～ん……。だから懸命にブラントを擁護し、私との仲を取り持とうと必死なのだ。

本当、最低。

「ご自身がまいた種はご自分で回収してください。人を使って楽をしようなど最低ですね。マチルダがあなたを嫌うのがよくわかりますわ」

「不敬だぞ」

低い声で威圧してくる。

図星をつかれるとなんで声を低くするのかしら。さすがあいつの上司ってとこかな。

「オルトハット王、顔が恐ろしいですわよ。今は他国の舞踏会。醜態をさらすのはいかがなものでしょう？　余計に嫌われてしまいますわよ」

「くっ……」

マチルダの視線に気がつき、無様な笑顔を張りつけている。

そろそろ曲が終わる。

ヘンリー王がギュッと私の手を掴んでいる。逃がさないと言わんばかりだ。

「オルトハット王。マチルダ王太女殿下に呼ばれておりますので、わたくしはこれで失礼いたします」

「マルマーダ嬢」

「わたくしはアルデバインです。どうかお間違えのないようお願いいたしますわ」

「少し話を――」

ヘンリー王が言い募ろうとした瞬間。

「オルトハット王」

声をかけられた。

「そろそろ私の愛する人をお返しいただけますか？　マチルダ王太女殿下に呼ばれておりますので」

サイラス様だ。

助けに来てくれたのだ。

今までの緊張感が抜けて心に安堵が広がった。

「アルデバイン公子……」

ヘンリー王の手から逃れ、私はサイラス様の元に戻った。

「オルトハット王、楽しいダンスの時間をありがとうございました。御前を失礼いたしますわ」

サイラス様の隣だからとても呼吸がしやすい。

優雅なカーテシーを披露した。

「失礼」

サイラス様がさりげなく腰に手を回し守るようにエスコートをしてくれた。

ヘンリー王のせいで嫌な気分だったのが一転して、安堵と心地よいドキドキが胸を占める。

はしたないと思うが無性に甘えたくなってしまう……

ダメダメ！

舞踏会中なんだから、しっかりしなきゃ！

「くくっ……」

隣で笑い声がした。

サイラス様が横目で見ながら笑っている。

「っ！」

「表情がコロコロ変わって可愛いな」

「っ!!」

サイラス様が突然方向転換して近くのバルコニーに出た。

瞬間、ギュッと抱き締められた。

「そんな可愛い顔、誰にも見せないで」

くぐもった声に心臓が高鳴ってしまう。

「……助けるのが遅れてごめん」

ヘンリー王のことを言っているのだろう。たいしたことないのに……

「過保護って……また言われちゃいますね」

「君が大切だから、何を言われても構わない」

苦しくはないがサイラス様の抱き締める力が強くなった。

「助けてくれて、ありがとうございました」

「うん……」

ゆっくりと彼の力が緩くなる。

「いつも側にいてくれて、ありがとうございます」

なんだろう……。とっても心が熱く感じる。

「守ってくれて、ありがとうございます」

サイラス様の顔を見ると、照れたような表情が可愛くて、どうしようもない気持ちが溢れてくる。

「好き……」

「……今言うなんて反則、だ……」

照れて顔を背ける姿がとても愛しい。その顔を……もっと見たい。

はじめてサイラス様の頬に触れた。

ぴくっ！　と驚いて、こちらを見た。

あぁ、好き。

なんでだろう……

頭がぼーっとする。サイラス様しか見えない。

「エスメ……ローラ……」

「サイラス様……」

冷静な自分ならできなかっただろう。

バルコニーにいるといっても、私の背後にはたくさんの人がいるのだ。

大胆に彼の首に腕を自ら回すなんて……

「サイ……ラス」

恥ずかしい……のに、彼が……欲しい。

今すぐ……

こんな気持ち、抑えられないなんて……

どうしちゃったのかな？

「君が悪いんだよ」

男性の瞳だ。

サイラス様が私の後頭部に手を添えると、温かい唇が押し当てられた。

唇をこじ開けるように、何かが差し込まれ、私の舌に絡みつく。
とても気持ちいい……
頭がホワホワして……
サイラス様しか感じられない。
「!!」
「っ！」
サイラス様に体を持ち上げられ、くるくる回ったような気がする。
変な音もしたようだが私の耳には何も響かなかった。
あれ？
サイラス様が何か言ってるのに……わかんないや。
頭が熱いな……
なんだか眠くなってきちゃった。
そういえば……三日間まともに寝てなかったかも……

第十六話　愛する人

「好き……」

トロンとした瞳で彼女が甘く囁《ささや》いた。

頬も上気していてとてつもない色香だ。

「……今言うなんて反則、だ……」

醜悪な劣情がもたげそうになり、視線を逸らしたのに、彼女は不用意に触れてきた。

あぁ……可愛い……

このまま彼女を奪いたくて仕方がない。

彼女の後ろには舞踏会を楽しむ人々がいる。

自分を律しなければ……彼女の瞳を見ると抑えきれない思いが洪水のように溢れ出る。

「エスメ……ローラ……」

「サイラス様……」

彼女が大胆にも、腕を首に回してきた。

フワリと甘い香りが鼻をくすぐる。

ダメだ……。離れなければ取り返しがつかなくなる。彼女を傷つけてしまうかも……

「サイ……ラス」

彼女の甘い囁《ささや》きが私の紙くずのような理性を吹き飛ばしてしまった。

「君が悪いんだよ」

今すぐ、彼女が欲しい。

彼女の後頭部に手を添え、唇を押し当てた。

温かくて、柔らかくて……甘い。

ワインの甘さだろうか？　それとも、彼女の口が甘いのだろうか？

もっと堪能したい。

舌で彼女の唇をこじ開ける。

彼女は抵抗せず、口を開いた。

彼女の舌に舌を這《は》わせ、絡みつかせ、その唾液を堪能する。下手なワインより甘く、あとを引く味わいに夢中になってしまう。

「あっ……」

「んっ……」

気持ちよさそうな声に体が熱くなり、反応してしまう。

これ以上は……こんなところで……

ダメだと思いながら、彼女との濃厚なキスを止められなかった。

「！」

人の気配を感じた。いや、殺意だ。

目の端に刃物が映った。

私はエスメローラの体を持ち上げ、遠心力を利用してエスメローラ目掛けて突進してくる男の手を蹴り飛ばし、逆足の踵《かかと》で相手の後頭部を蹴って顔を地面に叩きつけてやった。

アルデバイン家の私がいる場で真っ正面から襲ってくるとは舐《な》められたものだな。

地面に叩きつけられた男は体をピクピク痙攣《けいれん》させていた。死んではいないようだ。

「サイラス様」

エスメローラの護衛に付けていた影が慌てた様子で現れた。

「申し訳ございません」

エスメローラに気づかれずにぴったりくっついていたベテランの影だ。ベテランだからこそ私たちがキスしはじめた時に気を遣って離れたのだろう。そのせいで敵の接近に対処できなかったか……

責められるべきは、こんな場所で彼女にキスをした私だな。

「いや、悪いのは私だ。……エヴァンス公子か？」

「そのようです」

倒れていた男は先ほどまで話をしていたエヴァンス公子だった。

こいつが狙ったのはエスメローラだった。

私たちの逢瀬《おうせ》を見て逆上したってところか？

エスメローラを狙ったのは逆恨みだろう。

さて、どうするか。殺すのもな……

本心はエスメローラの安全のためにここで殺しておきたい。だが、我が国の賓客として招いたのだ。不審死や行方不明だと外聞が悪い。

思案していると胸に抱き込んでいるエスメローラの体がずり落ちそうになった。

敵と対峙していてエスメローラへの配慮が欠けていた。慌てて顔を覗き込むと真っ青な顔をしている。

「エスメローラ⁉」

毒か⁉

さっきの刃物で？　いや、刃物は完璧に防いだ。

では飲んでいたワインに？

いや、私も同じものを飲んだのだ。エスメローラだけ反応するのはおかしい。

「エスメローラ！」

呼びかけると彼女は薄く目を開けた。

私の顔を見て微笑むとガクッと力が抜けてしまった。

一気に全身の血が引くのを感じた。

「エスメローラ！　エスメローラ‼」

「サイラス様、医務室に向かわれたほうが」

影の進言に少し冷静になり、私はエスメローラを抱えた。

「ここは任せる」

「御意」

会場内を突っ切るのは、彼女が一生懸命準備した舞踏会に水を差すことになるので、私はエスメローラを抱えたまま二階のバルコニーから飛び降りた。


王宮の医務室に駆け込み、宮廷医師に診察を頼んだ。

毒物だったら……

万が一にも……

考えただけで手足が震えてしまう。

「先生、彼女は」

「ふむ……」

医者が脈をとったり、彼女の目を見たりして、診察をおこなっている。そして……

「睡眠不足と過労です」

毒物ではない？

「何日も寝てないのではありませんか？　目の下のクマが酷い。熱がかなり高いですが、喉に炎症はなく心音も問題ありません。薬物検査も陰性。過労と診断いたします」

「……よかった」

「よくありません。こんな状態になるまで放置しているなど、医者として憤りを覚えます。睡眠不足は万病のもとです。軽く考えないでください」

「すみません……」

初老の医師に怒られた……

でも、命に別状がなくてよかった。

◇◇◇

エヴァンスの件はレオンとマチルダ様に判断を委ね、私はエスメローラを連れて屋敷に帰った。

医者には安静にしていること、ゆっくり休養することを言い渡された。

侍女長に『エスメローラ様は我々に任せてゆっくりご静養ください』と言われたが、心配で眠ることなどできなかった。

一晩中手を握っていたが、朝になると母上が強制的に私を部屋から追い出し自室へと押し込んだ。

仕方なく仮眠を取ろうとするがいっこうに眠れなかった。そんな時、影が報告に来た。

エヴァンス公子とヘンリー王は、あのあと城の地下にある第一等拷問部屋に連れていかれ、囚人へ拷問する横で事情聴取をおこなったらしい。

第一等拷問部屋は……言葉では表現できないな。

一般人が見たらトラウマものだろう。

エヴァンス公子はエスメローラに襲いかかったことを認め、ヘンリー王は深く謝罪し、相応の慰謝料を支払うことを約束したらしい。

また、エヴァンス公子に二度とイエルゴート王国へ足を踏み入れないと誓約書を書かせたそうだ。ヘンリー王にもオルトハット王国へ帰国次第、エヴァンス公子に相応の罰を与えることを約束させたらしい。

二人は終始震えていたと影が付け加えた。

ここまで脅せばもう歯向かってくることはないだろう。事情聴取はレオンが直々におこなったようだし、きっと容赦なかったと思う。

まぁ、何かあれば今度は私が直々に……

第十七話　目が覚めてから

「サイラス様……。あの、お仕事はよろしいのですか？」

「問題ない。自宅でできるような仕事しか振らないよう調整してきたからな」

アルデバイン公爵家の私の部屋で、サイラス様は優雅にお茶をしながら書類を確認している。

現在、私は約二週間、ベッドから降りることを禁じられている。

あの夜、私はバルコニーで意識を失ってしまったらしい。サイラス様とバルコニーに出るまでは覚えているんだけど……

その話をしたらサイラス様が落ち込んでいたわ。何かあったのかしら？

バルコニーで倒れてから約二日間、私は寝ていたそうだ。医師からは『過労』『睡眠不足』と診断された。

建国記念祭に向けての準備、マナエネルギーの研究成果のまとめ、マチルダ負担軽減のための代行業務、書類の要点を押さえたメモの作成やそれに紐づける資料集めなど、寝る間も惜しんで働いていたわ……

ヘンリー王とダンスをする苦行のあとサイラスと合流したので、張り詰めていた緊張が一気に解け、熱が急上昇し倒れたんだろう。

で、向こう見ずな私に怒った……いえ、心配したサイラス様から、『回復するまでベッドから出てはいけない』と、強制療養を命じられてしまったわけだ。

お見舞いに来たマチルダとスーザン様には、「過保護」と言われてしまった。

そして「この機会にゆっくり休みなさい。仕事はスーザンとロクサーヌで分担するから心配しないで」というマチルダの命令も加わり、ゆったりした時間を過ごしている。

そうそう、ロクサーヌちゃんは十五歳の『成人の儀』を迎えたので、建国記念祭が終わってすぐマチルダの侍女見習いとして仕えることとなった。

イエルゴート王国の貴族学院に在席しながらのお勤めなので両立は大変だろうに、ロクサーヌちゃんは「やり甲斐があります！」と意欲的だ。

将来が楽しみである。

そういえばオルトハット国王から賓客としてきたあの二人はあの夜、強制帰国させられたらしい。

ブラントは永久にイエルゴート王国に来ないことを誓約させられたそうだ。

あの人は何をしたのかしら？

それから、ブラントは王宮勤めを辞し、次期公爵の地位を従兄弟に譲って、男爵位を賜って田舎に移り住むことになったと昨日お見舞いに来たマチルダから教えてもらった。

『生ぬるい……。やっぱり影を』

『やりすぎよ』

サイラス様が何か呟いたがマチルダが彼の後頭部を叩いたのでよく聞こえなかった。

あの人のことなどどうでもいいので、深くは聞かなかった。

◇◇◇

建国記念祭から二十日経って、私はようやく日常生活を送ることができるようになった。

明日からマチルダの侍女としてバリバリ働くつもりだ。

「まだ休んでいても……」

「ご心配ありがとうございます。でも、これ以上休むと仕事のことが気になって逆に体によくないです」

サイラス様と気分転換に庭を散歩している。

一人で大丈夫だと言っても心配だからと付き添ってくれている。見かけはスラッとした体型なのに、エスコートしてくれる腕は服の上でも鍛えられていることがわかる。

「君の真面目なところは素敵だし尊敬している。しかし根を詰めすぎるのはよくない。とくに、相手のためにと行動しすぎて睡眠時間を削ったり仕事を請け負いすぎたりするのはやめてくれ。君が倒れた時、本当に心臓が止まるかと思うくらい驚いたし、手を繋いでいないと消えてしまうんじゃないかと気が気じゃなかった」

「心配をおかけして申し訳ありません」

仕事を再開すると宣言してから、彼は不満げに小言を言ってくる。

この小言も何度目かしら……

でも、それだけ心配をさせてしまったのだから悪いのは私だ。しっかりと受け止めなければ。

不意に彼が足を止めた。

「違うんだ……謝ってほしいんじゃない」

彼の腕に添えていた手を、彼の手が包んだ。軽く握られる。

「すまない……君を失うと思った時、本当に怖かったんだ」

握られた手から、彼の不安が感じられた。

「ごめんなさい。不安にさせて」

私の手に触れる彼の手に、私も手を添えた。

「あんな無茶はもうしません。サイラス様が心配されるような働き方は二度といたしません。食事、睡眠、休憩は必ず取るとお約束します。だから、許してくださいますか？」

サイラス様の顔がクシャッと辛そうに歪んだ。

「……ダメ。許さない。ちゃんと私のところに帰ってくること。あと、そろそろ敬語をやめること。私のことを『サイラス』と呼び捨てにすること。それから……」

サイラス様は、急に声を潜めた。でも、私の耳にはちゃんと届いた。

「好きって言ったら許してやる」

あぁ、どうしよう。

すごい好きだわ。

照れながら、少し不機嫌な顔が、とても愛しい。拗《す》ねている顔って言えばいいのかしら？

とにかく、可愛らしい……

「はい。いえ、わかったわ。サイラ、ス……」

自分でもわかった。

名前を呼び捨てにしただけなのに顔がものすごく熱い。

言葉が途切れそう……

でも、言うのよ！

「大好き……」

私を見ていたサイラス様、いえ、サイラスが顔を真っ赤にしている。

私たちはしばらく、二人で顔を真っ赤にして固まっていた。

お義母様が使用人と共に、生暖かい笑みを向けながら声をかけてくれるまで……

◇◇◇

イエルゴート王国で貴族が婚姻する場合、まず王宮に二人の婚約を報告する。国王陛下から祝辞を賜り、家族や親戚、近しい友人を集めて婚約パーティーを開き、国王陛下の祝辞を発表したり、揃いの指輪をお互いの左手薬指に着け合ったりしたあと、婚約を宣言する。

婚約指輪はプロポーズ時点で準備し、パーティーがはじまる前から着けている人が多い。

そして、婚約パーティーから三ヶ月～一年以内に結婚式を執りおこなうのが一般的だ。

結婚式は教会でおこない、神の前で永遠の愛を誓い、結婚誓約書にお互いの名前を書いて終了だ。

式後は教会の横にある広場で立食パーティーを楽しみ、参列した人々に挨拶や祝福を受ける。

私たちの婚約パーティーは、アルデバイン公爵家の家族とマチルダやレオン様だけの小規模になった。

アルデバイン公爵家の親戚たちから『参加したい』と熱烈な問い合わせがあったらしいが、サイラスが丁重に断ったらしい。

まぁ、王太子と王太女が出席するとなれば繋がりを求めて参加したいという人は多かっただろう。とくにマチルダはまだ相手を定めていない。王配の椅子は魅力的だからね。

建国記念祭が終わって半年後に婚約パーティーを開いた。

パーティーというよりは会食だったけど、気心の知れた人たちだけなのでとても楽しい会食ができた。

結婚式は、婚約パーティーから四ヶ月後、王都の教会で挙げることになった。

その時に実の両親であるマルマーダ伯爵夫妻と、弟のダッセルも参加してくれることになった。

祖国を出てはじめて対面するので、嬉しくて嬉しくて仕方がない。

第十八話　結婚式

「健やかなる時も、病める時も、喜びの時も、悲しみの時も、富める時も、貧しい時も、お互いを愛し、敬い、慰め合い、共に助け合い、その命ある限り真心を尽くすことを誓いますか？」

「「誓います」」


今日は私とサイラスの結婚式だ。

王都の教会で、たくさんの人に祝福され、幸せな一時を過ごしている。

「エスメローラ」

「お母様！　オルトハット王国から遥々ありがとうございます」

教会横の広場での立食パーティー。

参列してくれた方々への挨拶回りが終わり、三年ぶりに家族に再会できた。

気持ちが高揚してしまい、はしたなく駆け寄ってしまった。

「走ったら危ないでしょ。もう、いつまでたっても子供ね」

「ごめんなさい。嬉しくて……」

お母様にお小言を言われたが、それも嬉しく思ってしまう。しょうがないわねって困った顔を見ると、無性に泣きたくなってしまう。

「エスメローラ～、キレイだよぉ～」

例のごとくお父様は大号泣している。

なんだか学院の卒業パーティーを思い出してしまうわ。

「姉様、結婚おめでとう」

少し見ない間にダッセルは随分と体が大きくなったし、しぐさも紳士然としていて見違えた。

「立派になったわね」

「ありがとう。姉様もすごく綺麗だよ。さすが、自慢の姉様だね」

「ふふ、ませちゃって」

成長を感じるけど笑った顔はよく知った弟の顔だった。

あぁ、みんな元気そうで安心した。

どうしよう、幸せすぎるわ。

「エスメローラ」

「サイラス」

サイラスも合流した。

挨拶回りは済んだそうだ。

「兄様、お久しぶりです」

「あぁ、元気そうだな」

ん？

「お義父さん、お義母さん。ご無沙汰しております」

「ふふ、そんなかしこまらないで」

「……うむ」

え？

「兄様。僕、母様にチェスを習っているんだよ。今なら兄様に負けないよ！」

「え⁉　お義母さんに⁉　それはうかうかできないな。でも、お義母さんにはまだ勝ってないだろ？」

「うっ……。母様は別格だよ！」

「まぁ、そうだな」

「ちょっと待って！」

思わず家族とサイラスの輪に割って入ってしまった。

「なんでそんなに親しげなの⁉」

「「え？」」

全員、なんでキョトンとするのよ。

私は約三年ぶりに家族に会うのよ。

サイラスを紹介しに帰郷したことはないわ。

サラの時に会ってはいるけど、秘密魔道具の存在は隠しているはず。よってサラとサイラスを同一人物と知らないはずだ。

え？？？

サイラスとしては私の家族と初対面のはずよね？

「サイラスさんはエスメローラがイエルゴートに渡ってから何度か我が家に来てくれているのよ」

「え⁉」

聞いてないわ！

家族からの手紙にもそんなことは書いてなかったじゃない！

「エヴァンスがエスメローラを呼び戻す計画を画策する場合、手っ取り早いのは家族を人質にすることだろ？」

「まぁ……そうでしょうね」

「エヴァンスを止められる唯一の存在は？」

「……エヴァンス公爵様？」

「正解」

サイラスがすごくいい笑顔で答えた。

みんなの話を要約すると、サイラスはいろいろな伝手を使って、エヴァンス公爵様の弱味を握ったらしい。どんな弱味かは教えてくれなかったけど……

その情報を漏らされたくなければ、マルマーダ伯爵家に手を出すなと脅していたそうだ。

そういえばイエルゴート王国に来て少ししてから、エヴァンス公爵家から慰謝料が支払われていた。もしかして……

家族の顔を見回したら、みんないい笑顔をしていた。

それから私に求婚したあと、結婚の承諾をもらいに行っていたらしい。

しかもお父様と弓で決闘したとは驚きだった。

まったく知らなかったけどお父様は弓の名手らしい。剣術はからきしだから、遠距離攻撃できる弓を訓練していたそうだ。

的を射る時の視線は、とても鋭くて痺《しび》れるほどカッコいいと、お母様が惚気《のろけ》たのは聞かなかったことにした。

『大事な娘を任せられるのか見極めてやる』

なんて、小説でも稀《まれ》なセリフを言っていたらしい。恥ずかしいような、嬉しいような……

複雑な気持ちだ。

勝負の結果は武術全般に精通しているサイラスが勝利したらしい。

落ち込むお父様を見かねて、お母様が得意のチェスで勝負を挑んだそうだ。なんと、ずっとお母様が勝ち越していると聞いて驚いた。

ただ、お母様はサイラスをとても気に入っていたので、結婚に関しては賛成してくれたそうだ。

なんだか……複雑。

「なんで教えてくれなかったのよ。家族のことを守ってくれたのは嬉しいし、感謝しているわ。でもオルトハット王国に行くなら一緒に連れていってくれればよかったじゃない！」

思わずサイラスに詰め寄ってしまう。

婚約報告なら私だって直接話したかったわ。

「それはわたくしがお願いしたからよ」

お母様が口を開いた。

「あなたには何も言わないでほしいって。あなたには知らせなかったけど、ブラント君の執着は相当なものだったわ。少しでもあなたの情報を得ようと何度も間者を送り込まれてね。お父様なんて女を利用した罠《わな》を仕掛けられたのよ！　ダッセルに高飛車傲慢令嬢から縁談の申し込みが来たこともあったし、本当に大変だったのよ」

「え？」

なにそれ⁉

「こんな話、あなたにしたら気に病んでしまうだろうし、最悪帰ってきちゃうじゃない。帰ってきたらきっと誘拐されていたわよ。それで監禁されて子供を孕まされ絡め取られてたわ」

みんなに頷かれた……

「エスメローラ、ごめんな。護衛を強化してもさすがに危険だったから、お義母さんの提案を受け入れたんだ。それに私がマルマーダ伯爵家に出入りしていると相手に伝わると、変に刺激してしまう可能性もあって極秘に行動せざるを得なかったんだ。秘密にしていたことは謝るよ。ごめんな」

申し訳なさそうな顔をするサイラスを直視できず、私は視線を逸らした。

私を守るためだった。

わかっているわ。

サイラスが黙っていたのは、そうせざるを得ない状況だった。

お母様だって私の身を安じるからこそ、秘密にしてほしいと提案したのよ。

全部わかってるわ。

……でも、モヤモヤしてしまう。

怒っているんじゃないの……ただ……

「寂しいなって……。ごめんなさい。これはワガママ。サイラス、私の家族を守ってくれてありがとう。私を守ってくれて、ありがとう」

感謝する気持ちに嘘はないから。

私はニッコリと微笑んだ。

すると、サイラスが突然抱き締めてきた。

「……ごめん、ごめんな。寂しくさせてごめん。君を守るためでも、一人のけ者扱いしてごめん」

「いいの。ワガママ言ってごめんなさい」

「ワガママなんかじゃないよ」

「ゴホンッ！」

大きな咳払いが聞こえた。

お父様だ。

さっきまで号泣してたのにちょっと怒っているようだ。

「あなたたち、イチャつくのは二人だけの時にしなさい」

お母様が不意に視線を外に向けた。私もその視線の先を見ると、生暖かい目でみんなに見られていた。

はっ、恥ずかしい……

エピローグ

結婚して十年。私は今、幸せです。

十年は長くて短いなと、つくづく思ってしまう。

イエルゴート王国は現在、二頭政治を実施しとても平和な国になった。

レオン王太子殿下、もといレオン国王とマチルダ女王の政策は順調である。

マチルダの指揮の下、マナエネルギーを利用した温室で貴重な薬草の栽培に成功し、薬草の輸入に頼ることはなくなった。

ただ、マナエネルギーの運用は安全面と安定性がなかなか確保されず、他国に情報提供をせっつかれて、のらりくらりとはぐらかしているそうだ。

それから、マナエネルギーは大きな可能性を秘めている。現在は水力を利用した力しか活用できていないが、研究者たちの話だと風や火山の力など他にも利用できる何かがあるらしい。

研究のやり甲斐がありとても充実している。

レオン国王とデイジー様もめでたく結婚し、翌年には子宝にも恵まれ、イエルゴート王国は順風満帆と言える。

あっ！　そうそう。

マチルダも結婚したのだ。

お相手はマナエネルギーの研究者・ヤムルさん。四十八歳。なんと彼、グスタフ王国の王族でした。前国王の王弟らしい。

王位継承権、王族、貴族等々……そういった面倒なしがらみが大嫌いで、研究に一生を捧げると決めてマナエネルギーの研究機関にいたらしい。

で、マチルダと意気投合。研究第一でいいということでマチルダの王配になったのだった。

重要な祭典には出席するが、基本は研究室でむさ苦しい格好をした無精髭《ぶしょうひげ》のおじ様だ。

『年々渋さが増して、格好よすぎるわ！』

――と、マチルダがぞっこんだ。

小説で読んだことがあるが『枯れ専』ということだろう。

これは秘密だけど、研究室で二人っきりの時、マチルダが別人みたいに彼に甘えていた。女王というプレッシャーもあり、素直に甘えられる場所が限られるマチルダにとって、ヤムルさんは必要不可欠な存在なのだ。


あと、ロクサーヌちゃんももうじき結婚する。

お相手は、私の弟ダッセルだ。

いつどこで知り合ったのやら……

まぁ、ロクサーヌちゃんなら他国の社交界でも十分活躍できるでしょう。ダッセルもやる時はやる自慢の弟だから、ロクサーヌちゃんを守ってくれるはずね。

何かあったら、私もだけどサイラスがただでは済まさないでしょうしね。

余談だが、オルトハット王国のヘンリー王も結婚した。お相手はカイザラルク伯爵家の五十代の女性らしい。

カイザラルク伯爵家は海外貿易に精通していてかなりのお金持ちだ。

実は、ヘンリー王はマチルダを娶《めと》るために薬草園を国内で増設し、薬草を作りすぎてしまったのだ。しかも、毎回イエルゴート王国がかなりの量を輸入していたらしいが、マナエネルギーの発展により自国で高品質の薬草を生産できたため輸入をストップ。

また、イエルゴート王国は品質管理を徹底しているので、オルトハット王国の薬草より良品で、各国がイエルゴート王国産の薬草を買い求めはじめてしまったのだ。

それにより、国の大事業の薬草栽培政策が大ゴケし、財政は火の車になってしまった。

そこで、オルトハット王国の財政を立て直すために、カイザラルク伯爵家の問題児『被害妄想《パラノイア》を拗らせる恋する乙女《メイデン》』と異名を持つ方と結婚することで、カイザラルク伯爵家にお金を出してもらったそうだ。

しかも離縁はできない、側室を持つこともできないと誓約書を書かされたとの噂がある。

まぁ『王族の結婚は国に繁栄をもたらすべき』と豪語していた彼だ。国のために結婚するのが義務だろう。

「お母様〜」

庭のガゼボで研究報告書に目を通していると、遠くから子供を抱いた男性と男の子が歩いてきた。

「アステル。お父様と馬を見に行くんじゃなかったの？」

「もう行ってきたよ」

黒髪で金の瞳がサイラスそっくりだ。

お義父様とお義母様からサイラスの幼い頃によく似ていると言われている。

アステル・アルデバイン。今年で八歳になる私とサイラスの愛しい子。

結婚してすぐに授かった子で、周りから大変祝福された。お義父様の涙なんてその時はじめて見てしまった。

ふふっ。サイラスも号泣していたわ。

『ありがとう。ありがとう』って。

私のほうこそ、こんな可愛い子の母親にしてくれてありがとうって、そう答えたらしい。

出産直後の記憶は曖昧《あいまい》で、お義母様からその時の様子を聞いたのよね。

「エスメローラ」

「サイラス。お帰りなさい」

「ただいま。まったく、君は私の言うことをきかないな」

「え？」

サイラスは抱えていた娘のジェシカを近くのメイドに手渡すと、上着を脱いで私にかけた。

ジェシカは黒髪で私と同じ空色の瞳だ。なぜか雰囲気がマチルダに似ている気がする。何代か前に王族が降下したと聞いているからその関係だろう。

現在三歳、大きくなったらマチルダみたいに美しくなるわね。

「体が冷えるだろ。もっと厚着をしないとダメじゃないか。私が贈ったブランケットはどうしたんだ？　ん……紅茶が冷めている。どれだけ長時間ここにいるんだ？　クッションも使ってくれていないじゃないか」

「フフフ。ごめんなさい。少し気分転換するだけのつもりだったのだけど、報告書を読んでいたら時間を忘れてしまったみたい。サイラスの贈り物は部屋にいる時に使っているのよ。汚したら嫌だもの」

「……わかった。今度は汚れても洗い回しできて君が気に病まない程度の可愛い物を贈る。物を大切にする君の考え方は好ましいと思うが、私は君が大切なんだ。汚してもいいから体を大切にしてくれ。君一人の体じゃないんだから」

サイラスは大きくふくれた私のお腹を見た。

現在三人目を妊娠中です。

マチルダともっと仕事がしたいけど、出産を控えているので仕事は少しお休みしている。

「過保護ね」

「言っただろ。君が大切なんだ」

「えぇ、知ってる」

私が微笑むと、サイラスがキスしてきた。

「もう！　子供たちの前で！」

「今のは君が悪い」

「なんでよ」

「可愛いから」

「ラブラブしてる」

「アステル坊っちゃま。料理長が新しいお菓子を開発中と言っていましたから、そちらを見に行きましょうか」

ジェシカを抱っこしているメイドが気を利かせてその場を離れていった。

「サイラス。情操教育によくないから、子供の前ではキスは禁止です」

「それは困った。愛しの奥様に許しを請わなきゃ」

まったく悪びれることなく彼は再度口づけてくる。

「サイラス、ちゃんと、聞い、て」

唇から首や鎖骨に口づけされてしまう。

「聞いているよ。可愛い人」

「サイ、ラス……」

サイラスが私の胸に触れた時――

ポンッ！

お腹の子がお腹を蹴った。

「あっ……」

「ふっ……」

サイラスは大人しく私の隣に座った。

お互い顔を見て、笑い合った。

「怒られてしまったな」

「ふふっ、そうね。仕方がないお父様よね〜」

「お母様が大好きだからしょうがないんだぞ〜」

二人でお腹をさするとまた元気にお腹を蹴った。

「男の子かしら。それとも、女の子かな？」

「どちらでも。元気に生まれてくれればそれだけで嬉しいよ」

サイラスがまた軽くキスをしてくる。

まったく、しょうがない人ね。

「愛してるよ、エスメローラ」

「私も愛してるわ」

これからもずっと愛するあなたとキスがしたい。

番外編　ブラントの手紙

「お母様〜！」

アステルが馬の上からこちらに手を振る。だけどサイラスに「ちゃんと前を向きなさい」と注意されているわ。

私は今、屋敷の裏にある馬の訓練用の区画に来ている。サイラスはアステルと共に馬場内にいる。私は大きなお腹を抱え、ジェシカと共に馬場から少し離れた見学用のベンチに腰かけ、乗馬に励むアステルに手を振った。

アステルは今度の馬術大会の少年の部に出場するため、毎日馬術の訓練をしている。今日はサイラスがお休みなので、馬術の先生ではなくサイラスが教えている。


「ママ〜」

隣に座るジェシカは描いた馬の絵を私に見せた。子供らしい可愛い絵に思わず微笑んだ。

「上手ね。お馬さんが走っているのね」

「うん！　こっちはご飯食べてる」

「まぁ、美味しそうに食べているわね。とても上手よ」

ジェシカは嬉しそうな顔をして再度絵を描きはじめた。

「お母様〜！　見て〜！」

今度は馬場内のアステルが馬に乗ってベンチ近くを通った。サイラスの乗る馬の後ろについて馬場内を歩いているようだ。

「アステル。集中しないと怪我をするぞ。ほら、前を向きなさい」

「大丈夫だよ。ねぇ、今度は駆け足させてよ。常歩と早足じゃつまんないよ」

「それは最後にな。まだ馬との呼吸が合ってないから、今のままでは馬から振り落とされるぞ。そら、早足！」

「えっ！」

せわしなくアステルたちは目の前を通っていった。

「ママ〜」

「ん〜？」

「これはパパ」

「上手ね」

「これにぃに」

「お馬さんに乗っているのね」

馬に立っている子供の絵が妙におもしろくて「フフッ」と笑った。

「じょうず？」

「えぇ、上手よ」

「えへへ」

嬉しそうに笑うとジェシカは再度お絵描きをはじめた。今度は色をたくさん使って描くようだ。

馬場内を見ると、アステルが馬に暴れられ苦戦している姿があった。呼吸が合わず、振り回されながらも馬をなだめようと必死に抑えている。

あれはお尻の皮がむけてしまうかも。いえ、もうむけているわね。表情が険しいわ。

サイラスに言って休憩させたほうが――

「うわっ！」

アステルがバランスを崩した。

「危ない！」

私は咄嗟《とっさ》に叫びながら立ち上がった。しかし私にできることはなく、アステルはそのまま地面に落ちた。

「大丈夫か⁉　アステル」

サイラスがアステルに駆け寄った。

「くっそ～。落ちちゃった……」

「痛いところはないか？」

「平気だよ。落ちる訓練もちゃんとしてるんだから。お父様は心配しすぎ」

「フフッ、そうか」

サイラスが手を差し出し、アステルの手を引っ張り立たせた。怪我がなくてよかったわ。

――ツキンッ。

お腹に違和感を覚えた。お腹が張っている。

急に動いたから赤ちゃんがびっくりしてしまったのだろう。

「ママ？　お腹いたい？」

ジェシカの言葉で自分がお腹を押さえていると知った。いけない。心配をかけてしまったわ。

「大丈夫よ。ママが突然立ったから、お腹の赤ちゃんが驚いちゃったのね。少し休めば問題ないわ。心配してくれてありがとう」

不安な顔をさせてしまった。

私はジェシカの頭を優しく撫で、ゆっくりとベンチに腰かけた。

「ふぅ……」

お腹が苦しい……

アステルやジェシカの時に、こんなに苦しかったかしら？　年……だから？

ジェシカを産んだのは四年前なのよ。

まだ若いはず……。いいえ、ごまかしはよくないわね。体力の衰えも考慮して行動しないといけないわ。

「ママ……」

「大丈夫よ。大丈夫。あと少ししたら治まるわ」

子供に心配をかけるなんて母親失格だわ。

もっと気をつけなくちゃ。


「お母様？」

「エスメローラ？」

アステルとサイラスが来た。

おそらく休憩しに来たのだろう。

心配をかけたくないな……

「ジェシカ。ママはどうしたんだ？」

「ママ、お腹いたいの」

サイラスの顔が険しくなった。

「たいしたことないの。少しお腹が張ってるだけで、ちょっと休めば治ま――」

サイラスが突然私を抱き抱えた。

もうすぐ臨月の私を軽々持ち上げるので少し驚いた。

「すぐに寝室に運ぶ。アステル。ジェシカを連れて屋敷に戻ってくれ」

「わかった！」

そう言ってアステルがジェシカの手を握った。妹を守る姿が胸にぐっときた。だけどそんな思いにふける間もなく、サイラスが足早にその場を離れた。

「さっ、サイラス!?」

「気持ち悪くなったら吐いてもいいから、我慢するなよ」

「そんな、大袈裟よ」

「君は妊婦なんだぞ。些細なことだと思っても大変なことになる可能性もあるんだ。軽率な判断は感心しない」

ピリッとした雰囲気に何も言い返せなかった。しかしここまで感情を表すのは珍しい。普段であれば、チクチクお小言を言われたり呆れられたりする程度なのに……

◇◇◇

「今のところ問題はないでしょう。おそらく、急激な動作をしたため体が緊張し、子宮が収縮したと考えられます」

「そうですか……。よかった」

ベッド脇で手を握っていたサイラスはホッとした顔をした。

「ただ、繰り返し痛みを伴う張りや出血をした場合は危険ですので、すぐにお知らせください」

「わかりました。先生、ありがとうございます」

私もお礼を言うと、老先生は「閣下は奥様思いでいらっしゃる。微笑ましいですな」と優しく笑った。

先生が帰ると、アステルとジェシカが部屋に入ってきた。

「お母様」

「ママ」

「大丈夫？」

「まだいたい？」

こんなに心配させてしまって申し訳ないわ。

私はニッコリ笑って「大丈夫よ。心配してくれてありがとう」と伝えた。二人も安心したのか
「よかった」と笑った。

「さっ、二人とも。お母様を少し休ませるから部屋を出なさい。アステル、すまないが今日の馬術の訓練の続きは先生にお願いしてくれ」

「わかったよ。お母様、ゆっくり休んでね」

アステルはジェシカの手を引いて部屋から出ていった。

「サイラス」

「ん？」

「心配かけてごめんなさい」

「……こちらこそごめん。言い方が厳しかった。君のことになると感情の制御ができなくてな」

「いいのよ。ただ……何かあった？」

「え？」

「サイラスが過保護なのは昔からだけど、今日の雰囲気は少し違う気がしたの」

「君には敵わないな……。実はオルトハット王国から緊急連絡が来た」

「緊急連絡？」

「……ブラント・エヴァンス。あいつがオルトハット王国から消えた」


久しく聞かなかったブラントの名前。

十年くらい前に田舎の男爵になったと聞いてから今日まで思い出すこともなかったわ。

その彼が消えた……


「エヴァンス公爵家から追放されたあいつは、地方のボネ地区を与えられボネ男爵として領地運営をしていたんだ」

サイラスはゆっくりとブラントのことを話した。

王太子の側近、次期エヴァンス公爵の地位を追われた彼だったが、ボネ男爵としてそれなりに優秀な統治をしていたらしい。

まぁ、性格は悪いけど仕事はできる人だったし、その話を聞いて別に驚きはしなかった。

そして数年前、結婚したそうだ。相手は没落寸前の男爵家の女性だったそうだ。

容姿に恵まれていたから、経済面さえ整っていれば相手は掃いて捨てるほど集まっただろう。そんな彼が選んだのが、没落寸前の男爵家の女性……

「その女性の髪色は金髪だ。さすがに空色の瞳ではないが、報告によると『物静かな女性』と聞いている」

「それって……」

「学園時代の君を思い出したよ」

「……女性に同情するわ」

「まったくだ」

彼に逆らえない家柄の女性。

金髪。

自意識過剰かもしれないが、『私』の代わりとしてその女性と結婚したように思えた。気持ち悪い。サイラスも同じ考えのようだ。

「しかも最低なことに、やつは外で浮気し放題だったらしい。奥方はずいぶん苦しめられていたと聞く。周りからは蔑《さげす》まれ、あの男はことあるごとに『違う』と怒鳴《どな》っていたそうだ」

うわ……

違うって、何が違うのか考えたくない。

「そして去年、奥方が逃げたんだ」

「そう……。逃げられてよかったわ。ただ、奥様のご生家は？」

「援助を絶ち切られて没落したよ。変な言い方だが、没落して当然の家だったから同情はできない」

「没落して当然？」

「奥方は前妻との子で、継母と義妹にずいぶんと酷い扱いをされていたようだ。男爵家が貧窮したのも継母の浪費だったし。しかも義妹はブラントと体の関係があったと聞く。裏取りはしていないが、義妹が何度かブラントの部屋で夜を過ごして妊娠したらしい」

「妊娠⁉」

泥沼の状態じゃない。話を聞けば聞くほど奥様に同情するわ。

「義妹には複数の男がいたみたいだからブラントは認知しなかったようだ。義妹が街中でブラントと言い合っていたのを大勢が見ていたから情報は簡単に手に入ったよ。最低で似合いの二人なのにな」

サイラスは呆れた顔をした。

ブラントは変わらないのね。従順な女性が好きで、その人を泣かせる行為に興奮する異常性癖……

改めて気持ち悪い。

「で、ついに奥方は逃げ出した。ブラントが屋敷を空けた日にやつが隠していた金と宝石を持って。そのあとの足取りは掴めていないそうだ」

「そう……」

「お陰でブラントの男爵家も立ち行かなくなって没落。まぁ、奥方に逃げられたのがショックで自暴自棄になったあの男の自滅だがな」

従順だった奥様の失踪。

状況は違うけど、私が逃げ出した時と重ねて自暴自棄になったように思えた。

その彼も行方不明……

オルトハット王国から緊急連絡がサイラスに来たってことは――

「……イエルゴートにいるの？　彼」

「確認は取れていない。だが、いると確信している」

「なぜ？」

サイラスは困った顔をして少し悩んだが「ちょっと待ってて」と言って部屋を出ていった。

そしてすぐに大きな箱を持って現れた。

中身は大量の手紙だった。どれも封は切られている。

「これは？」

「ブラント・エヴァンスが君に宛てた手紙だ」

「え⁉」

そんなものが送られていたなんて知らなかった。サイラスの嫌そうな顔を見るに、ろくなことが書かれてないのは想像できた。

「黙っていてすまない……」

元婚約者からの手紙なんて、旦那からしたら気分のいいものではないだろう。それを捨てずに取っていたサイラスはすごい……

私なら迷わず燃やすわ。

「お産を控えた君に話すべきではないのに……」

「いいえ。話してもらえてよかったわ。だけど、いつから？」

「一番古いものはあの男の結婚後すぐに届いた。見るに耐えない内容だから読まなくていい。むしろ君に読ませたくない」

少し不貞腐《ふてくさ》れた言い方が可愛いと思ってしまった。ベッドに座るサイラスの手に触れる。

「私を守ってくれてありがとう。こんな気持ち悪い手紙、燃やしてよかったのよ。でもサイラスの心遣いがとても嬉しい」

触れていた手をサイラスは恋人繋ぎに変えて力強く握った。大きな手に安心する。

「君を守るのは当然だ」

「サイラス」

恋人繋ぎをした左手はそのままに、サイラスの右手が優しく私の頬を撫でた。

「……幻滅したか？」

「どうして？」

彼は目を伏せた。

「……手紙を隠していたことを。君があの男に対して何の感情も持っていないのはわかっている。それでも……関わらせたくなかった。嫉妬《しっと》、だと思う。あいつの手紙には、私の知らない幼少期の話がいくつもあった。十一年あいつと婚約していた。その事実を突きつけられて……イライラした」

辛そうな顔に私はそっと触れた。サイラスの驚いた表情がとても愛しい。

「結婚して十年ね。出会ってからを数えればもうすぐ十三年になるわ。幼少期のことなんて、家族と過ごした記念日くらいしか覚えてない。あの人と過ごした思い出なんか忘れたわね。思い出せるのは、マチルダとサラと出会ったあの図書室の光景。サラ、厳しい顔をして私を見定めていたわね」

「あれは……その……」

サイラスが私の頬から手を離し座り直した。

でも、左手はそのままだ。

「マチルダの侍女になりたいと言った私に、サラはさまざまなことを教えてくれたわね。『戦うことより生き残ることを考えろ』って教えられて、ヒールを履いた状態で走らされた。そのうちとっても重いドレスを着させられて走らされたし。よく考えると護身術の稽古より走っていた記憶のほうが多いわ」

「男の刺客に襲われた場合、非力な女性では力負けするだろうし、向こうも攻撃の訓練を積んでいる。下手に防衛するより如何なる状況でも逃げられるよう訓練していたんだ」

「そうだったわね。だけど、足がもつれて倒れそうになると必ずサラに助けられたわ。何度か下敷きに倒れたこともあったわね。今だから言うけど、下敷きにして顔が近くにあった時とてもドキドキしたの。女性にときめくなんて、とどぎまぎしたわ」

「あぁ、あの時か。顔を真っ赤にして『フォワワワワ！』って奇妙な声を出しながら体を離してたな」

「まぁ、サラだってそっぽを向いて顔を真っ赤にしていたわ」

「だってそれは、君の唇が当たりそうになって、その……嬉しかったというか、驚いたというか……」

「私も嬉しかったし、驚いたわ」

お互いの目が合った。

当時を思い出して一緒に照れ笑いしていた。

「サラの時の思い出も、サイラスと一緒に過ごした日々も些細なことまで覚えているわ。本当に楽しくて、幸せで、毎日が宝物なのよ」

「私だって同じだ」

「だから、あんな十一年なんかなかったようなものよ。あなたと過ごした十三年。これから先ずっと側にいる時間が私にとって大切なの」

「……そうだな。つまらないことに拘っていたようだ」

「そうそう。これからもよろしくね」

「あぁ」

サイラスは優しい顔で私の額にキスをした。

なんだかくすぐったくて笑うと、サイラスも少年のような笑顔を見せた。

◇◇◇

あのあと、サイラスに「無理に読まなくてもいいんだぞ」と心配されたが、あの人がイエルゴートに来ているのなら対策を考えなくてはいけないと思い、最新の手紙だけ読ませてと頼んだ。

しかし、書き出しを読んで思わず吹き出してしまった。これを妊娠中に読むのは辛い……

『僕の愛する女神　天使エスメローラへ』

強烈なフレーズだ。

女神なのか天使なのか、どっちかはっきりしてくれ！　と脳内で突っ込んだ。

『また返事をくれなかったね。君は今も僕を許してくれてないのだな。大丈夫だ。いつまでも待つと約束したからね。僕の愛は永久に不滅だ』

十年も経っているのだから、許す許さないの問題ではなく関わりたくないだけだ。しかも『約束』って何？　約束なんかした覚えはないわよ。

もしかしてあの大量の手紙の中で勝手に宣言したのを自分都合で歪曲した結果、双方合意の『約束』になったのかしら？

それに『僕の愛は永久に不滅だ』って……

サイラスに言われたらときめくけど、こんな頭のおかしい人に告げられても気持ち悪くて鳥肌が立ったわ。

たった数行読んだだけで、お腹が苦しい。

『愛しているよ。目をつぶれば君の笑顔を思い出す。僕の姿を見ると嬉しそうに駆け寄ってくる君は愛犬のようで、可愛くて可愛くていじめたくなるんだ。これが僕の愛だから仕方ないよね』

うわ～……

この人は相変わらずだし、反省の色もない。

『あの頃は若かったからやりすぎてしまったが、もうそんな愚行は犯さないよ。今なら君を笑わせる程度にからかえるよ。だから過去のことは水に流そう。僕も君が僕を捨てたことは水に流すよ。おあいこだからね。それに僕は君を愛しているから、君の間違いも愚かなところもすべて愛してあげられる。君を理解してあげられるのは僕しかいないよ。だから、いつまでも過去を引きずっていないで幸せになろう』

お前が言うな！　って心の中で激しく突っ込んだ。笑わせるって、失笑しか出ないわ。

というか、この上から目線の言い分はなんなのかしら。

『君は魔王に囚われた姫。体を穢《けが》され忌み子を産み落としてしまったが、君の魂はあの頃のまま美しい。僕の愛で浄化しよう。近いうちに君を助けに行くよ。だからもう少しだけ待っててほしい。

君を愛し救う勇者　ブラント・エヴァンス』

突然の狂ったような文面。

あの人の精神はかなりマズイ状態だと思えた。

こんな異常者が行方をくらませたって連絡を受け、サイラスはさぞ心配を募らせただろう。

一人で抱えさせてしまったわ。

これは私の問題なのだから、私もできることをしよう！

「大丈夫か？」

手紙を読み終えるまでベッド脇の椅子に座って待っていてくれたサイラスが、心配そうな面持ちでこちらを見ていた。

「ちょっと笑いすぎてお腹が痛いけど大丈夫よ。喜劇小説よりも笑ってしまったわ。気持ち悪いけど」

私の反応に安心したのか、サイラスも「確かに気持ち悪いな」と笑った。

「これはいつ頃届いたの？」

「約二週間前だ。オルトハットから『四日前に行方不明になった』と連絡が来たのが昨日。こんな手紙を定期的に送ってくるからオルトハットに苦情は出していたんだ。ただ、やめさせると今度は何をしはじめるかわからないから、動向を探るためにそのままにしていた。もちろんオルトハットにはやつの見張りをすることを約束させたがな」

「そうなんだ……」

「報告では監視の目を盗んで姿をくらましたらしい。気がつくのが遅れたせいで、検問していない船が数隻オルトハットを出港した。もちろんイエルゴートに来た船はくまなく捜索したが、あの男は見つけられていない」

これは突発的な逃亡ではなく、綿密に計画を立てた行動ね。

おそらくオルトハットから出港するイエルゴート行き以外の船に乗ったのだろう。他国から船を乗り継ぐか、イエルゴートの隣国に渡り陸路で入国すれば発見されにくい。

そして目的地はここ、アルデバイン公爵領のこの屋敷ってことね。

「領内の巡回を強化しているし、あの男の手配書も配った。すべての宿泊施設に監察の命令も出してある。もちろん屋敷の警備も強化している。屋敷は安全だから安心してほしい」

サイラスが私の肩に触れた。

何も心配していなかったけど彼の体温を感じると安心する。

「ありがとう」

肩に乗せられた手に手を添えて微笑むと、サイラスも優しく笑った。

◇◇◇

「えっ……」

馬術の訓練が終わったアステルが部屋にやってきた。そこで残念な知らせを告げることになった。

「お母様、馬術大会を見に来られないの？」

「ごめんね、アステル」

馬術大会は出産予定日より前なので本来であれば見に行けたのだが、屋敷を出ることで襲撃にあうリスクが高くなる。しかも身重では逃げるに逃げられないし、胎児のことも心配だ。

アステルには可哀想だが応援には行けない。

「そんなに具合が悪いの？」

アステルが自身のズボンを握った。我慢している時のしぐさだ。

「安静にしていれば私も赤ちゃんも大丈夫よ。アステル」

私が手招きするとアステルは複雑な顔で歩いてきた。手を差し出すと素直に握ってくれた。

優しい子。

あんなに頑張っているのに見に来てもらえない悲しさを押し殺し、体調が優れない私を心配してくれているのが痛いほどわかる。

「アステルが馬術の訓練をいっぱい頑張っているのは知ってるわ。私も見に行けなくて残念よ」

「うん……。仕方がないもんね」

悲しい笑顔に胸が締めつけられる。

「アステル」

サイラスがアステルの頭を撫でた。

「今度開かれる馬術大会は地方大会だ。三位までに入賞すれば、次は王都で開かれる大会に出場できる。その大会は半年後だから、お母様の出産も終わり体調も落ち着く頃だ。なんなら、地方大会を優勝して王都の大会に出場した姿を見てもらったらどうだ？」

「王都の大会……。うんっ、うん！　そうだね！　僕、絶対優勝して王都の大会で僕の馬術をお母様に見てもらう！　頑張るよ、僕！　先生に言ってくる！」

落ち込んでいたのが嘘のようにアステルは騒がしく部屋を出ていった。

その姿が可愛くてサイラスと顔を見合わせて笑った。

幸せだわ……

この幸せがいつまでも続けばいいのに。

少し雲行きが悪くなった空を窓から見上げた。

◇◇◇

あれから約一ヶ月が経った。

私の体調も変わることなく元気にしている。お腹の子も順調だ。予定日まで一週間となった。

「お母様。行ってきます」

「えぇ、いってらっしゃい。怪我には気をつけるのよ。エントリー用紙はちゃんと持った？　忘れ物はない？」

「大丈夫だよ。ちゃんと前日に確認してる。お母様は心配性なんだから」

「可愛い息子の心配をするのは当たり前です。いい？　無理はしないでね。入賞できなくったって、アステルの頑張りは私もお父様も、屋敷のみんなも知ってるわ。胸を張って帰ってきなさいね」

「何言ってるんだよ。僕、絶対優勝するから！　楽しみにしててね」

晴れやかな顔を見てこちらが安心した。

「えぇ。楽しみにしてるわ」


「では行ってくる」

「えぇ。アステルのことを頼みます」

「あぁ。心配するな。私が君の分まで応援してくるから。だが、何か異常があればすぐに連絡をしてくれ。どんなことがあっても駆けつける」

「えぇ。ありがとう」

アステルとサイラスは馬車に乗り込み、馬術大会へと向かった。馬を走らせれば半日の距離らしいが、アステルのことを思い、馬車で二日かけていくそうだ。

護衛騎士も多数引き連れていくし、とっても強いサイラスが一緒なのだから何かの襲撃にあっても問題ないだろう。

でもどうしてか……胸騒ぎがした。

◇◇◇

さらに二日経った。

今頃馬術大会の開会式が行われているだろう。

アステルが怪我をしなければいいが……

もうすぐ生まれてくる子のために小さな手袋を編んでいるが、サイラスたちが出発してから落ち着かず、編み物も思うように進まない。

「はぁ……」

「ママ？」

一緒にバルコニーでお茶を楽しんでいたジェシカが、心配そうな声で話しかけてきた。

「お腹いたい？」

「ううん。大丈夫。痛くないわよ。お兄ちゃん、大会どうしてるかな～って思ってただけよ」

ジェシカは椅子から下りて私に抱きついてきた。お腹に顔をグリグリ押しつけてくる姿が可愛らしくて愛しい。

「ジェシカも行きたかった……」

私も一緒に行っていたらジェシカもアステルの勇姿を見られただろう。

まだ幼い娘をサイラスだけに任せるのは不安があって、仕方なく一緒に留守番をしているのだ。

本当……迷惑な話よ。

ブラントはまだ見つかっていない。

逃げ回るのがうまいのか、はたまたまだイエルゴート王国に入国していないのか……

足取りも痕跡も掴めていない。

迎えに行くと手紙を送るだけ送って、どこか別の場所に向かったのかもしれない。もしくは失踪した奥様を探しに行って、イエルゴートには来ないのかもと思いはじめている。

それならそれでいいのだが……

いや、ブラントの所在がわからない限り、気が気ではないのも事実。

いっそのこと囮《おとり》にでもなってあの人を釣るほうが手っ取り早いわ。出産後なら身動きもとりやすくなるから、サイラスに進言してみようかしら？

う～ん……

笑顔で怒りそう……

でも正直、息が詰まるのよね。

屋敷にいるのは苦じゃないけれど、いつ襲撃されるのか構えている状況が疲れるわ。

どうにかしないと――

ドンッ！！！

突然、屋敷が揺れるほどの爆発音が遠くで響いた。

「まっ、ママ……」

あまりのことにジェシカが怯えている。

私も混乱したが、今は状況把握とジェシカの安全を考えなくてはいけないと思い直す。

笑顔を心がけ、「大丈夫よ。まず部屋に入って事態を確認しましょう」と言った。

部屋に戻りジェシカを落ち着かせていると、「奥様！」と専属侍女のレベッカがドアをノックした。

「領内の山で土砂崩れが発生したと知らせが早馬で来ました！」

土砂崩れ!?

あの音は土砂崩れの音だったの？　爆発音にしか聞こえなかったけど……

いや、それよりも被害状況の確認が先ね。

「わかったわ。急いで状況の確認を。それから早馬でサイラスに連絡をして」

ドアを開き、廊下に出ると、レベッカの他に複数の使用人が不安そうな顔で立っていた。

「みんな落ち着いて。大丈夫よ。すぐに現場に人を送って被害の確認をしてちょうだい。領内のお医者様全員に声をかけて。備蓄している薬品と食料を運び出せるよう準備を」

「「はい!!」」

使用人たちが方々に走りだした。

私はみんなが持ってくる情報をまとめるためサイラスの執務室へ向かった。

途中、ジェシカの世話を任せている侍女に出会った。

不安な顔をするジェシカと離れるのは身を切るような思いだったが、緊迫した状況に子供がいるのは邪魔でしかない。仕方なく——

「ママがパパの代わりにみんなを助けなきゃいかないの。ジェシカが応援してくれるとママ、とっても頑張れるんだけど、ママのこと応援してくれる？」

――と目を見て話すと、ジェシカは力強い目をして「ママ頑張って！」と言ってくれた。

強くて優しい娘を抱き締めた後、私は執務室へ再度歩きだした。

◇◇◇

土砂崩れのあった山は人里から離れていたため、人的被害は免れた。ただ、サイラスたちが向かった大会の会場になっている地域と領主邸がある中心街を結ぶ、唯一の通路が断たれてしまった。土砂を撤去しなければサイラスが帰ってくることも、大会会場の地域に食料を運搬することもできなくなってしまう。

早急な復興が必要だ。

アルデバイン公爵領で抱えている騎士団や、町の警備に当てていた警備隊、領民の有志を集める必要がある。

だが、そうなると町の警備はもちろん、この屋敷の警備も手薄になるだろう。

サイラスがいない日。サイラスに繋がる道の遮断。

爆発音と思われる音からの、人手を必要とする土砂崩れが発生した。

すべてが計画されていたように感じる。

そう、ブラント・エヴァンスによって……

あの男は警備が手薄になった隙にこの屋敷に潜入してくる。何も証拠はないが、確信めいたものを感じていた。


「騎士団と警備隊を現場に派遣して」

「奥様、それはできません。旦那様から奥様の安全を最優先するよう申し使っております」

サイラスを補佐する執事のロベルトが進言した。彼の周りにいる他の家臣たちも頷く。

「非常事態です。私の警護は最低限で構いません。そんなことよりも道の整備をし、交通を確保しなければ領民の生活が成り立たなくなります」

「なりません。奥様を危険にさらしては、我々は旦那様に合わせる顔がありません。どうかご容赦を」

ロベルトは取り合わない気だ。

サイラスへの忠誠心を感じる。だがここで引き下がることはできない。

「今の最高責任者は私です」

「できません！」

「ロベルト。話を聞いて。あなたが心配に思う気持ちはよくわかります。私もみすみす自らを危険にさらそうとは思っていません。私に考えがあります」

私は万が一に備えていた作戦を話した。

◇◇◇

土砂崩れがあった日の夜十時。

物資や人員の確保、屋敷内の警備準備に時間がかかり、出発準備に手間取ってしまった。土砂崩れの撤去作業は日が出ていないと危険なこともあるので、サイラスが指揮をしていてもこの時間になったとロベルトがフォローしてくれたが、申し訳ない気持ちだ。

「ロベルト。現場の指揮をお願いね」

馬上のロベルトに声をかけた。

「お任せください。予定よりも早く終わらせ、旦那様をお連れいたします。ですから……」

「わかっているわ」

「……レベッカ。奥様を頼む」

「もちろんです！　お任せください」

「全員出発！」

ロベルトの号令で騎士団と警備隊、そして力自慢の領民たちが、土砂崩れの現場へ向けて屋敷を出発した。私は彼らの姿が見えなくなるまで見送り、屋敷に戻った。

玄関ホールに入ると武装した兵士が微動だにせず立っている。その横を通り執務室へ向かった。

「奥様、大丈夫ですか？」

「えぇ、問題ないわ」

私とレベッカの足音が廊下に響き渡る。

正直……怖い。

自分で言いだした作戦だがうまくいかなかったらどうしよう……

レベッカも巻き込んでしまったし、失敗は許されない。

土砂崩れの撤去はロベルトや他の家臣たちの目算によると、一日あれば馬の行き来程度は可能になるだろうとのことだ。

一日持ちこたえれば、サイラスが部下を連れて帰ってきてくれる。それまで私が敵を引きつけておけば、迷惑なあの人を捕まえられる。

襲撃に怯えずに暮らせるようになる。

下を向いていた顔を上げ、私は気合を入れるように自分の頬を両手で叩いた。

「っ！」

ちょっと力を入れすぎちゃった……

でも、気合が入った。

私は力強く執務室の扉を開けた。

◇◇◇

――ガシャーン!!

屋敷内に甲高い音が響いた。

ロベルトたちが出発して一時間も経ってないだろう。予定通りだ。

『なんだこれ？　ただの甲冑《かっちゅう》に藁《わら》が入ってるだけだぞ』

『はぁ？　女の護衛がいるはずだろう』

複数の男が玄関ホールに置いておいた、兵士に見せかけた甲冑《かっちゅう》を倒している。

人数は……一人、二人、三人、四人……十人。

『ま、いいじゃね～か。ほれ、この甲冑《かっちゅう》の持ってる剣、なかなかの値打ちもんだ。これだけでも仕事を受けた甲斐がある。さすが貴族の屋敷だぜ』

『……おかしい。こんな音を出したのに誰も出てこない。逃げた？　いや、エスメローラが屋敷に入ったのは確認しているし、そのあと誰一人屋敷から出た者はいなかった。……あぁ、俺を待っているんだな。恥ずかしがって出てこれないのか。相変わらず可愛いな』

背筋がゾッとした。

一人だけ黒マントを着ている男がいる。それに聞き覚えのある声だ。

ブラント・エヴァンス。

読み通りね。

『おい、お前ら！　金目のもんはこのホールに集めろ。野郎はぶっ殺していいが、女どもは捕まえろ。売り飛ばせばいい金になる』

『『へい！』』

体格のいいハンマーを持った男が他の男たちに命令すると、男たちは方々に歩きだした。

どうやらハンマー男がこの集団のリーダーということだろう。

『お前たち！　金髪に空色の瞳の妊婦には絶対怪我をさせるな！　わかったな！』

ブラントが叫んだが男たちは『ちっ！』と舌打ちをしていた。

『わかってるよ、旦那。あんたには稼がせてもらったからな。正直、あんたが正式に俺らの仲間になってくれたらと思ってるよ』

『ふんっ、心にもないことを』

『本心さ』

『どうだか。少なくともお前の部下は違うだろうな。お前たちとの契約は、妻を連れて隣国へ脱出するまでの間だ。その間ならお前たちの悪事に協力してやる』

『まっ、まだ時間はあるんだ。ゆっくり考えてくれや。さて、旦那の本題の依頼に取りかかるとしますか～。お前ら、わかってるな！』

『へ～い……』

やる気のない返事だ。

『あなたたち！　ここで何をしているの!?』

バケツを持ったレベッカが階段上から叫んだ。

『ここはアルデバイン公爵様の屋敷よ！　無断で入ったらただではすまないわよ！』

『お～、早速女発見！』

階段近くにいた男がニタッと笑って階段を上りはじめた。それにならってブラントとハンマー男以外の男が階段を上りだす。

レベッカは『こっちに来ないで！』とバケツの中身をぶちまけ、バケツも男たちに投げつけた。

『うわっ！　冷て～。ひでーことしやがる。これはお仕置きが必要だな。お頭～、味見くらいしてもいいでしょ～』

『ほどほどにしろよ』

『へ～い』

薄汚い笑いを浮かべて男たちは駆け上ろうしたが、階段の中ごろに足を踏み入れると一人が滑って階段を踏み外してそれに巻き込まれて全員が転がり落ちていった。

『おい、痛てーな！　なにしてやがる！』

『なんだこれ？　ヌルヌルしてるぞ』

それは片栗粉などで作った特性のヌルヌル液だ。すごく滑るのよね。

『あの女がぶちまけた水がヌルヌルしてやがったんだな！』

それもそうだが、階段中央から上の階段と手すりにあらかじめ塗っておいたのだ。案外気がつかないのね。

『ふざけやがって、あのアマ！』

男たちがわめきだした。

『ダッサ。大の男が情けないわね。階段もまともに上れないなんて無様すぎて笑えるわ。あんたたちなんか私一人で十分ね。悔しかったら捕まえてみなさい。バーカ』

『『なんだと!!』』

『奥様～、バカばかりだから逃げないでも大丈夫ですよ。お茶でも飲んでゆっくりしましょう～』

レベッカは私がいる執務室とは反対の廊下に向かおうと歩きだす。すると投げられたハンマーがレベッカの顔のわずか横を通り過ぎた。廊下の壁に当たり鈍い音を立てて転がるハンマー。

見ていただけの私も、思わず「ひっ！」と肝を冷やした。レベッカも驚いて尻餅をついている。

『女……。必ず捕まえてやるから、体を洗って待ってろよ』

ハンマー男がレベッカを見ながら舌なめずりをした。余裕の笑みにゾッとする。

レベッカは『キモッ！』と言って駆けだした。

『待てー!!』

『追えー!!』

レベッカの挑発にまんまと引っかかり、男たちは立ち上がるが滑って何人か転んでいる。

だが、ブラントは冷静にレベッカの去る姿を見ていた。

◇◇◇

「奥様、戻りました」

執務室に帰ってきたレベッカ。

作戦ではあったが、迂回《うかい》してきたため少し時間がかかっていたので心配した。

私は隠し金庫の扉を内側から開けた。

「さっ、入って」

レベッカを入れてすぐに扉を閉めた。

これで作戦は終了。あとはサイラスたちが来るまでブラントを引き留められたら、私たちの勝ちだ。

「敵はどんな感じですか？」

隠し金庫の中は所狭しと高価な品物が置いてある。広くはないが、女二人が余裕をもって寝られるくらいの広さはある。

床にクッションを敷き詰めているので居心地はいいし、食べ物や飲み物もあるので一晩を過ごすだけなら申し分ないだろう。

「まだ玄関ホールにいるわ。このまま逃げないでもらいたいわね」

私はたくさんある水晶の一つをレベッカに見せた。

これは対になる水晶の映像を映し出す魔道具だ。しかも専用の台に置けば、こちらの音声を向こうに出すことも、あちらの音声を聞くこともできる。

『お頭だめです。井戸水を汲み上げる桶《おけ》が見つからねーす』

『やはりな……。どうやら俺たちはまんまと誘いに乗ってしまったようだ。この屋敷には俺たちを撃退するために罠《わな》が張り巡らされているぞ』

ブラントは冷静な口調で言った。

まずいわ。このまま引き返されたら面倒なんだが……

『じゃぁどうするよ。このまま帰るのか？』

ハンマー男が聞く。

『いや、帰らない。屋敷にいるのは女しかいない可能性がある』

『はぁ？　貴族の奥様だろ。護衛とか男の使用人ぐらい側に置くだろう』

『根拠はある。さっきの女だ。護衛や男がいたなら、そいつらが俺たちの前に姿を現すはずだ。あの女が手練れの護衛かと思ったが、ズーガルのハンマーに驚いて尻餅をついた。訓練を受けた人間ならああはならない。この屋敷にいるのは戦闘能力のない女たちだけだ。俺たちのほうに分がある』

『なるほどな。お前ら、狩りだ。ガタガタ震えてるウサギを見つけて狩るぞ。妊婦はダメだが他の女は見つけたやつの好きにしていい』

『『イエーイ!!』』

ハンマー男のズーガルの言葉に男たちが色めきだった。帰るって手段を選ばれなくてよかったと胸を撫で下ろすが、ブラントの手強さを感じた。

レベッカの登場と態度でこちらの状況をここまで予想するなんて。これは苦戦するかも……

『まずは厨房を探すぞ。そのヌルヌルじゃ、いざって時に身動きが取れない。だが、相手は俺たちが水を求めて厨房に行くと考えているはずだ。くれぐれも罠《わな》に引っかかるな』

『……』

ブラントの指示に部下の男たちは不貞腐《ふてくさ》れたように頷いた。部外者の新参者が指図してくるのが嫌なんだろう。しかも上から目線だし。

頭はいいけど人を大切にできないから人望がないのよね。

◇◇◇

何度か転んでいたが、男たちは無事厨房にたどり着いた。

彼らは厨房に置いてある瓶を意気揚々と確認するが、中身は空。厨房を物色してタオルと料理人の服や下着を見つけた。

彼らはこれ幸いと体を拭き、服を着替えた。

「やりましたね」

「えぇ。これで着替えた男たちは排除できたわ。ただ、一番厄介なブラントとズーガルって人を無力化できないことが心配ね」

「二人ともヌルヌル液に触ってませんからね……でも罠《わな》はまだありますから大丈夫ですよ！」

「そうね。次の罠《わな》で仕留めましょう」

◇◇◇

男たちは二人組に分かれて私たちを探すことにしたようだ。

厨房で着替えた服の罠《わな》は時間がたつと効果が出るので分かれてくれるほうがこちらとしてはありがたい。


『くそっ、どこにいやがる！』

乱暴に部屋のドアを開ける手下一と二。

ドアを開けることで作動するヌルヌル液入り袋の振り子が手下一の顔にぶつかり、ヌルヌル液は手下二に降りかかった。

手下一はそのまま気を失い、手下二は『くそっ！　またかよ！』と床をツルツル滑っている。

同様の罠《わな》にほとんどの手下が引っかかっていた。

「奥様……これはさすがにバカすぎませんか？」

「う～ん……」

「罠《わな》が仕掛けられているぞってマントの男が言っていましたよね？　全員警戒心がないですよ」

『ぎゃっ！』

最後の手下の一人が振り子の罠《わな》に引っかかり悲鳴を上げている。しかも今回のは小麦粉で、全身真っ白になって滑稽な姿だ。

「小麦粉？　誰があんなの仕掛けたの？」

「あっ、私です。あれ、小麦粉じゃなくて――」

『うぎゃっ！』

またさっきの手下の悲鳴が聞こえた。

追加の振り子の罠《わな》に引っかかったようでヌルヌル液まみれになっていた。

いや、違うな……。なんだかネチャネチャしてる。

「あれあ発酵する粉で、ヌルヌル液と混ぜると粘着液に変わるんですよ。で、あの状態で倒れると――」

手下が床に倒れた。

立ち上がろうとするが床に引っついて立てないようだ。

「床に引っついて立てません。脱出するには油を塗り込まないとダメなんですよ。髪なんかはもう切るしかないですから、助かっても丸坊主確定ですね！」

いい笑顔で教えてもらったが、なかなかにえげつない罠《わな》だな……。

『『ギャー！！』』

数人の悲鳴が屋敷に響き渡った。

どうやら下着に塗ったスースー液の効果が出てきたようだ。

実は厨房に置いていたタオルや服には、ハッカ油をベースに作ったスースーする液をふんだんに塗ってある。

体温で温められることでじわじわ肌に浸透していき、触れている箇所をスースーさせるのだ。これが股間に浸透すると、痛くて男性は立ち上がることもできないほど悶絶するのだとロベルトが言っていた。

しかも悪趣味なのが、浸透してしまうと患部を洗ったとしても一日は痛みが残るらしい。

なんとも恐ろしい罠《わな》だ。


残るはブラントとズーガル二人。

二人は扉を開けるのにも慎重だし、振り子の罠《わな》に引っかからない。

だが、ズーガルはイライラしている様子だ。

手下がやられたこともあるだろうが、『舐《な》めやがって、くそ女どもが』とブツブツ言っている。

子供騙しの罠《わな》が気に入らないようだ。

「どうしましょうか？」

「う～ん……それなら宝物庫に誘い込みましょう」

「あ～！　あの罠《わな》ですね！」

私は宝物庫近くに設置した水晶と対になる水晶を手に取り、こちらの声を向こうに届けることができる専用の台に載せた。

レベッカに目配せをする。

「奥様こっちです。お早く！」

慌ただしく歩いているように二人で足音を出す。

「あっ！」

重たい本を床に落とす。音だけなら人が倒れたように聞こえただろう。

「奥様大丈夫ですか⁉」

「えぇ……」

「宝物庫ならあそこに隠れられます。いったん、そこで休みましょう」

「そうね……うっ！」

「奥様⁉」

「大丈夫よ。少しお腹が……」

「まさか陣痛⁉　とにかくこちらへ！」

隠し金庫の扉を開いて開ける音を出した。

すぐに水晶を台から外し、ブラントたちがいた廊下を映し出す水晶を見ると二人は宝物庫へ向かって走っていた。

うまく誘導できたようだ。

『エスメローラ。待ってろよ』

『くそ女ども』

ブラントたちはニヤニヤしながら走っている。

本当、めでたい人たちだ。

◇◇◇

宝物庫の扉前で、ブラントたちは目配せしながらゆっくりと開いた。

『おぉ～……』

ズーガルが宝物庫内を見て思わず声を漏らした。それもそうだろう。内装は金でできていて、芸術品や宝石を惜しげもなく使ったアクセサリーがガラスケースに入っている。

このガラスケースは特殊加工されていて、力自慢のレオン陛下がハンマーで殴っても割れない優れものだ。

『おい、不用意にケースに触るなよ。宝物庫は本物の罠《わな》が仕掛けられている。これまでの子供のいたずらとは訳が違う。死ぬぞ』

ブラントの言葉にズーガルはガラスケースから少し離れた。

ブラントは慎重に進み、ズーガルは呑気な様子でガラスケース内を観賞しながら奥へと進んでいく。

すると、ガラスケースの扉が開いている場所があった。奥には鞘《さや》にいくつもの宝石が埋め込まれた大剣が飾ってある。

『ヒュ〜』

ズーガルは目を輝かせている。玄関ホールで兵士に扮《ふん》した甲冑《かっちゅう》の剣を嬉しそうに見ていたから、剣が好きだと予想したが当たったようだ。

剣の土台の脇からレベッカが着ていたメイド服の裾がかすかに見える。

ズーガルはニヤリと笑ってガラスケース内に入っていった。そして『残念だったな！』とメイド服を掴んだ。

瞬間、ガラスケースが閉じた。

『っ!!』

驚くズーガル。自分が握ったのはただのメイド服で、中身の人がいなかった。慌ててガラスケースから出ようとするがびくともしない。

手に持っていたハンマーを振り下ろすが、壊れることはなかった。

『――!!』

ガラスケース内で叫んでいるが、ケース内は防音処置されているので声は聞こえなかった。

ズーガル確保！

残りはブラントだけだ。

『はぁ、山に爆弾を設置するのに人数が欲しかったからお前らを雇ったが、もう少し思慮深いやつらを探せばよかったよ』

ブラントはズーガルが捕まったケースの周りを調べ、監視水晶を発見してニヤリと笑った。

『やはり見ていたんだな』

ゾッとする顔だ。

『愛しいエスメローラ。迎えに来たよ。恥ずかしがっているのかな？　あぁ、俺だってわからなかったかな？』

そう言って、ブラントはマントを脱いだ。

その下は結婚式に着る白いタキシード姿だった。

『それとも、俺の連れが怖かった？　大丈夫。これは使い捨ての駒だ。ここに捨てていくから安心だろ？　いい加減俺の胸に飛び込んできてくれないか？』

惚《ほう》けるような顔を向けていたと思ったら――

『お前！　俺のエスメローラを返せ！　俺たちは運命の赤い糸で結ばれた夫婦なんだぞ。魔王の手下は駆逐してやる。俺の女神エスメローラ！　必ず助けるから待っててくれ！』

――常軌を逸した顔……焦点が合っているように見えない。

狂ってる……。これがあのブラント？

背筋が凍った。

「奥様。あの罠《わな》の準備をしましょう」

「え!?　でもあれは最終手段でレベッカが危険になってしまうわ。ダメよ。もう少し粘ればサイラスが帰ってきてくれる。それまで隠れてやり過ごしましょう」

「奥様……。奥様も気がつきましたよね？　あの男、頭がおかしいです。私たちの作戦の弱点はおわかりでしょう？　屋敷に火をつけられたら」

「……」

そう、火をつけられたらこの隠し金庫から出て逃げなければならない。普通の神経をしていれば屋敷に火を放つなんて考えないだろうが、ブラントは何をするかわからない。

私が見つからないと見切りをつけたら、迷いなく火をつけそうな予感がする。

「『奥様の安全を最優先に考えろ』と、旦那様からいつも言われています。それに、ロベルト様とも約束しましたから！」

レベッカは力強い目と余裕を感じさせる笑みを見せた。必ずうまくやるから信じてほしいと言っているように感じた。

しばらくレベッカを見つめ、私は頷いた。

◇◇◇

『エスメローラ〜』

廊下をスキップしながら歩くブラント。

はたから見れば浮かれたバカな男なのに、ドアを開けた時に発生する罠《わな》や廊下に糸を忍ばせた罠《わな》など華麗によけている。

『エスメローラ～、そろそろ出てきてくれよ～。じゃないと俺、怒っちゃうぞ～。いやいや、ウソウソ。愛する君に怒ったりしないよ』

気持ち悪い猫なで声だ。


別の水晶に映るレベッカから準備完了の合図が来た。私は作戦で使う部屋の水晶を台に設置し、意を決して呟いた。

「音楽を流して」

レベッカが蓄音機の音楽を流し、所定の場所に隠れた。

迎え撃つ準備はできた。


ブラントは、音楽が流れるダイニングルームに来た。

魔道ランプで美しく照らされた室内。テーブルの上には監視水晶とワインやチーズ、そして十一本の赤バラの花束を置いてある。

『あはっ！　嬉しいよ。僕の愛を覚えているんだね。十一本の赤いバラ』

ブラントはバラの花束に向かって歩きだした。

途中、振り子の罠《わな》やピアノ線の罠《わな》を大量に作動させるが、簡単にかわして花束に触れようとした。

「触らないで。それはサイラスに渡すものよ。あなたの物じゃないわ」

『エスメローラ！』

監視水晶から私の声が聞こえ、ブラントは監視水晶を愛しそうに持ち上げた。

『ようやく君と話せるね。嬉しいよ。相変わらず可愛い声だ。好きだよ。離れていた時間、君を忘れたことはなかったよ。あぁ、どうして僕は君を手放してしまったんだろう。僕はね、ずっと後悔していたんだ。だから君に似た女を妻にしたけど全然違うんだ。気が利かないし、美しくないし、所作も下品。そして一番は僕を愛してくれないんだ。しかも怯えるし、口ごもるし、言い訳ばかり。本当に最悪だった。偽物はしょせん偽物だ。本物のエスメローラの足元にも及ばない。だから迎えに来たんだ。僕は君がいないと生きていけないんだ。愛しているよ。結婚しよう』

ブラントは監視水晶に口づけをした。

気持ち悪くて絶句してしまった。

「……」

『嬉しくて言葉も出ないんだね。わかってるよ』

「……」

『君をこの魔王城から助け出してあげる。だから、どこにいるか教えてくれ』

「……」

『エスメローラ？』

「……」

『おい、僕が話しかけているんだぞ。返事をしろよ。おい！』

「……」

『くそっ。回線を切りやがったな。あぁ～めんどくせ～……。もう火でも使うか。屋敷が燃えれば出てくるだろう。死んだら俺も死んで、天国で結婚式を開けばいいか。なんだ簡単じゃん！』

猟奇的な発言にまた悪寒が走った。

――ゴーン。ゴーン。

ダイニングルームの置時計が深夜十二時の鐘を鳴らした。

ブラントはニヤリと笑い、監視水晶を持って出入り口へと向かった。

『エスメローラ。さっさと出てこないと、この屋敷、燃やしちゃうぞ。そうだな～、厨房に行けば火つけ石もあるだろう。くくくっ、一時間だけ待ってやるから、小細工しないで――』

ブラントが廊下へ続くドアに手をかけた瞬間。

――バチバチバチッ！

稲妻が通り過ぎたような音がした。

ブラントはドアに手をかけたまま直立で硬直し小刻みに震えている。ブラントが持っている監視水晶は割れてしまったのか、突然映像が切れた。

あまりの音と映像に呆然としてしまったが、すぐに別の監視水晶をセットして――

「れっ、レベッカ！　もういいわ」と伝えた。

私がそう言うとブラントは直立のまま真後ろに倒れた。動かない……

レベッカが恐る恐るドアを開ける。

ブラントは反応しない。

私もレベッカも『殺してしまったかも』と肝を冷やしたが、レベッカがブラントの脈を取って胸を撫で下ろしたので、ただ気絶しているだけのようだ。安心した。


この作戦は罠《わな》に敏感なブラントを油断させるため『いかにも罠《わな》を仕掛けてます』と、ダイニングルームに明かりを灯し蓄音機で誘導したのだ。

部屋に入ってもらうため、ブラントが私に何度も送っていた『十一本の赤バラの花束』を準備したのだ。彼なら絶対に手に取ろうとするだろうと思った。

案の定、部屋に入り花束に向かって歩いてきた。大量の振り子の罠《わな》を難なく避けるのは想定内だ。ブラントはダイニングルームにある罠《わな》は『振り子の罠《わな》だけ』と勘違いし、何の警戒もなくドアノブに触ったのだ。

実は廊下側のドアノブに試作品の『マナエネルギーを供給できる装置』を取りつけていたのだ。

開発研究者のヤムルさんが『外出先でも魔道具にエネルギーを供給できるものを』と作った物だ。

取り扱い注意って言われていたが、ここまでになるとは思わなかった。これは要改良の報告をしなくちゃ……

ちなみに、蓄音機の音楽は、レベッカがダイニングルームへ近づく足音をごまかすために使ったのだった。

「はぁ……」

終わった……

安堵したらどっと疲れを感じ、私はその場でへたり込んだ。

◇◇◇

「エスメローラ！」

ブラントを撃退して三十分もしないうちに、サイラスが部下を連れて帰ってきてくれた。

彼は一目散に私が隠れる執務室に飛び込んできて、隠し金庫を開けて私を抱き締めた。

心配のあまり少し強く抱き締められて苦しかったが、それだけ心配させてしまったと伝わり「お帰りなさい」と私も抱き締め返した。

問題のブラントたちはサイラスの部下に縛り上げられ、王都へ送られるらしい。そこで裁判にかけられるそうだ。どんな判決が下るかわからないが「二度と私たちの前に現れることはない」とサイラスが怖い笑顔で言っていた。

王都へ向かう護送用馬車に押し込まれる時、ブラントは終始「エスメローラ！」と叫んでいた。サイラスに「文句の一つでも言うか？」と聞かれ私は首を横に振った。

ブラントの目的は『私に会うこと』だ。会うことも、会話らしい会話もできないことが彼に対して最も辛い罰だと思うからだ。

そのあとはまぁ……サイラスのお小言が尽きなかったわ。

レベッカと二人で屋敷に残りブラントたちを撃退するなんて危険な作戦をやらずに、自分が帰ってくるまで屋敷の守りを固めるべきだったとか、出産間近でいつ陣痛が来るかわからない状態なのに、産婆も連れていなかったなんて危険だ！　とかそれは凄かったわ……


そんなことをしていたら本当に陣痛が来てしまってサイラスは大慌て。

「産婆を！　産婆を呼ぶんだ！　早く！」

「エスメローラ、もう少し我慢してくれ」

「落ち着いて、落ち着いて息をするんだ。大丈夫だ。ついているから、大丈夫だ」

お腹が痛いのに、サイラスの慌て方がおもしろいし可愛くて、変だけど和んでしまったわ。

アステルを産む時は一日かかったし、ジェシカの時も十六時間陣痛と闘ったのに、三番目の子は産婆が来たと同時くらいに生まれてしまったわ。体感だけど十分くらいだったかも。

元気な女の子。『クロエ』の誕生だ。

隠し金庫内での出産って、なんとも衝撃的な事件よね。


フフフ。

サイラスは、アステルやジェシカの時と同じく「ありがとう。よく頑張ったね。本当にありがとう！」って泣いてくれたわ。

巷《ちまた》では『冷徹公爵』と恐れられているのに、こういう人間臭いサイラスを改めて好きだなと思った。

「私のほうこそ、子供の母親にしてくれてありがとう。愛しているわ。サイラス」

「わ、私もっ、愛してっ、る」

息が詰まってうまく言葉が出てこないようだ。

そうこうしていると産婆に整えられたクロエを渡された。とても小さいが確かな重みに愛しさが募る。

金髪に空色の瞳。私にそっくりだ。

「はじめましてクロエ。私があなたのお母さんよ。私とサイラスの元に生まれてきてくれてありがとう。愛しているわ」

クロエに挨拶すると、サイラスがまた泣きだしてしまった。

◇◇◇

翌日の昼頃。

使用人たちと避難していたジェシカと、土砂の撤去を終わらせたロベルトと、大会を終えたアステルが帰ってきた。

ジェシカとアステルも、サイラスと同じように私の元へと一目散に駆け寄ってきてくれた。

「ママ！」

「お母様！」

寝室のドアを慌てて開ける姿は、二人ともサイラスそっくりで面白かった。

「二人とも、お帰りなさい」

ベッドの上で二人を迎える。

「ママ〜！」

ジェシカはベッドに上り、私に抱きついた。

「お母様、大丈夫⁉　変なヤツが来たんでしょ？　ケガしてない⁉」

アステルもジェシカの反対側から抱きついてきた。

愛しい子供たち。

私は二人の頭を優しく撫でた。

「心配かけてごめんね。お母様は大丈夫よ。ケガもしてないわ」

しばらく二人の頭を撫でていると、アステルが「あれ？」と何かに気がついた。

「お母様のお腹、なくなってる」

「本当だ〜」

「二人とも、あまりお母様に負担をかけるんじゃないぞ」

サイラスも寝室にやってきた。

「早かったのね」

「事後処理はロベルトに任せた。エスメローラはしっかり休めたか？」

「えぇ、お陰様で」

「クロエは？」

「まだ寝てるみたい」

窓際のベビーベッドに視線を向けると、サイラスがクロエの様子を見に行ってくれた。

「産まれたの⁉」

アステルはベッドを飛び下り、ベビーベッドに向かった。ジェシカは不思議そうな顔をし、私から離れなかった。

「おや？　起きているみたいだ」

「あらそう。サイラス、連れてきてくれる？」

「わかった」

そう言って、サイラスはクロエを慎重に抱えて連れてきてくれた。

「ちっちゃい。可愛い～」

アステルはニコニコしながら言った。

サイラスからクロエを受け取り、ジェシカに見せた。ジェシカにはまだよくわからないようだ。

「ジェシカ。この子はクロエ。あなたの妹よ」

「ふ～ん……」

「ジェシカお姉ちゃん。これからよろしくね」

私が『お姉ちゃん』と言うと、興味なさそうだったジェシカの瞳が輝いた。仲良くしてくれるといいな。

ジェシカはそっとクロエの手に触った。すると、クロエはしっかりとジェシカの指を握った。

「うわ〜……」

嬉しそうなジェシカの声に、私とサイラスは笑顔になった。

「クロエ。アステルお兄ちゃんだよ」

アステルもクロエの反対の手を触れ、指を握られて嬉しそうに笑った。


クロエの出産まで本当にいろいろなことがあったわ。人生何があるかわからないわね。昔の私なら立ち向かうことはできなかっただろう。

マチルダ、サラ、サイラスと出会って私は変われた。思い返せば奇跡みたいな毎日だったな。

この幸せがこれからも続けばいいのに……。いいえ、続けられるように頑張るのよ。

従順な自分はやめて、自ら道を切り開くの。

私には守りたい人たちがいるのだから。

新＊感＊覚ファンタジー！

レジーナブックス Regina

最愛の王子から
全力で逃げます!?

泣き虫令嬢は今日も婚約者の前から姿を消す

キムラましゅろう
イラスト：桑島黎音

カロリーナは食べ物と婚約者の第二王子が大好きなぽっちゃり伯爵令嬢。そんな彼女はある日、婚約者の好みは自分とは正反対のスレンダー美人だという話を耳にしてしまう。しかも彼の側にはその理想を具現化したような女性がいて、秘密の恋人だと噂されていた。大好きな婚約者の幸せのため、カロリーナは彼の前から消えると決めて……!?

詳しくは公式サイトにてご確認ください。

https://regina.alphapolis.co.jp/

この作品に対する皆様のご意見・ご感想をお待ちしております。

おハガキ・お手紙は以下の宛先にお送りください。

【宛先】

〒150-6019 東京都渋谷区恵比寿4-20-3 恵比寿ｶﾞｰﾃﾞﾝﾌﾟﾚｲｽﾀﾜｰ 19F
（株）アルファポリス　書籍感想係

メールフォームでのご意見・ご感想は右のＱＲコードから、
あるいは以下のワードで検索をかけてください。

アルファポリス　書籍の感想　検索

ご感想はこちらから

本書は、「アルファポリス」（https://www.alphapolis.co.jp/）に掲載されていたものを、
改題、改稿、加筆のうえ、書籍化したものです。

婚約者《こんやくしゃ》が浮気《うわき》相手《あいて》の知《し》らない女性《じょせい》とキスしてた
～従順《じゅうじゅん》な婚約者《こんやくしゃ》はもう辞《や》めます！～

ともどーも

2025年3月5日初版発行

編集－星川ちひろ
編集長－倉持真理
発行者－梶本雄介
発行所－株式会社アルファポリス
〒150-6019 東京都渋谷区恵比寿4-20-3 恵比寿ｶﾞｰﾃﾞﾝﾌﾟﾚｲｽﾀﾜｰ19F
TEL 03-6277-1601（営業） 03-6277-1602（編集）
URL https://www.alphapolis.co.jp/
発売元－株式会社星雲社（共同出版社・流通責任出版社）
〒112-0005 東京都文京区水道1-3-30
TEL 03-3868-3275
装丁・本文イラスト－コユコム
装丁デザイン－AFTERGLOW
（レーベルフォーマットデザイン－ansyyqdesign）
印刷－中央精版印刷株式会社

価格はカバーに表示されてあります。

落丁乱丁の場合はアルファポリスまでご連絡ください。

送料は小社負担でお取り替えします。


ISBN978-4-434-35364-2 C0093